Contents

堕ちた令嬢

～もう道は踏み外さない～

その部屋のあまりに懐かしい匂いに驚き、エリザベスは寝台から飛び起きた。

白で統一された愛らしくも質のいい家具、キャビネットの上の舶来品《はくらいひん》のガラスの動物たち、曇り一つなく磨《みが》かれた窓からは庭の楡《にれ》の木がのぞく。ガラス張りの扉から続くバルコニーの手すりをリスが走る。

「……なんで、昔の私の部屋にいるの？　とうとう病原菌が脳を侵食しはじめたのかしら？　これは幻覚？　それにしてはあまりにも鮮明だわ」

エリザベスは己の頬を抓《つね》った。すべすべした柔らかい頬に驚く。朽《く》ちた鼻も皮疹《ひしん》もない。すぐに鏡台の前に立った。

「なんてことなの。子どもに……」

おおよそ五歳といったところか。腰まである真っ直ぐな白銀の髪、アメジスト色の大きな双眸《そうぼう》、陶器のような肌に薔薇《ばら》色の頬。

まったく事態が把握できない。

エリザベスは二十三歳で路上で客を取り身を売って糊口《ここう》を凌《しの》いでいた。病気が進行して客が取れなくなり、昨夜とうとう路上に倒れたのだ。

「どういうことよ。やっと死ねると思ったのに……」

エリザベスは全身の力が抜け床に座り込んだ。柔らかく高品質のラグは昨日まで暮らした部屋の冷たい床とは違う。何もかもが昨日までとは違う。

しばらく呆然《ぼうぜん》としていたが、メイドがドアをノックして部屋に入ってきた。

「お嬢様、お目覚めになりましたか？　お昼寝しすぎますと夜眠れなくなります。どうぞ起きてくださいませ」

低い位置に団子にした茶色の髪に、丸顔で愛らしい茶色の目にソバカスをのせた鼻。最後に見た時より若い、メイドのメアリがそこにいた。

エリザベスはメアリを見て胸に苦いものが込み上げた。メアリは邸《やしき》の料理人と結婚するはずだった。幸せな花嫁になるはずだった。

――私はこの優しいメイドを複数の暴漢に襲わせ、身体だけでなく心までボロボロにしたのだ。私のお気に入りの白磁のカップを割ったというだけの理由で。もちろん、割った時点で罰は与えた。頬を扇《おうぎ》で張り、床に倒して靴でメアリを踏みつけた。更に部屋付メイドから下働きに落とすという処分を下したが気が収まらなかった。どうしても許せず、汚い男たちに嬲《なぶ》りものにさせたのだ。

その後、彼女は首を吊り自殺した。その報告を受けてエリザベスはようやく溜飲《りゅういん》を下げたのだった。

「ごめんなさい、ごめんなさい、ごめんなさい、メアリ、本当にごめんなさい」

「お、お嬢様、いかがなさったのですか？　怖い夢でも見ましたか？」

泣きながら謝るエリザベスにメアリは驚き戸惑った。優しくハンカチで涙を拭《ぬぐ》うが、エリザベスの溢《あふ》れる涙は止まらない。メアリはエリザベスが落ち着くまで抱きしめた。

本来なら一介のメイドが主人に対してこのような行動をとるのは不敬であるが、尋常でなく泣く小さなエリザベスにメアリは手を差し伸べずにはいられなかった。

放逐《ほうちく》されてから虫ケラのように扱われ続けてきたエリザベスはメアリの抱擁《ほうよう》に震えた。温かい優しさに、己の罪が心を抉《えぐ》る。


――私はとんでもなく愚かだった。


かつてのエリザベスは悪逆非道な行為を多くの者にした。死に至らしめた者もいる。これらの罪が白日《はくじつ》の下に晒《さら》される前に、エリザベスは北方の修道院に送られることになった。侯爵家の力をもって隠蔽《いんぺい》したのだ。

しかし、修道院への移送中に被害者の家族や恋人たちの手の者によって拉致される。片目をくり抜かれ、顔や身体に焼き鏝《ごて》を当てられ、髪を毟《むし》られ、男たちに嬲《なぶ》られた。

それでも生きねばならなかった。

死にたいと思っても死ぬこともできない。己も他人も傷つけることができぬよう呪術を施されたのだ。口もきけぬようにされたため許しを請うこともできない。エリザベスはまさに生き地獄に落とされた。

日々、安い金で身体を売り、木賃宿《きちんやど》で客を取る。饐《す》えた臭《にお》いとカビの臭いのする狭く陽当たりの悪いこの木賃宿がエリザベスの寝起きする居室でもあった。

五年間、エリザベスはここで過ごした。貧しく薄汚れた客を取った寝台で睡眠を取り、不衛生な環境で食事をする。正気を失いそうだったが、何故だか発狂することはなかった。これも呪いだったのかもしれない。この境遇《きょうぐう》に落ちるまで、エリザベスは己の罪に気づかなかった。身体の痛みよりも、その罪の重さに苦しんだ。

――何故、過去に戻ったのか分からない。しかし、もし許されるのならば今度こそは真っ当な人間になりたい。

とにもかくにも、エリザベスは混乱しつつもこの状況を受け入れることにした。

エリザベス・アレクサンドラ・ヴィリアーズは、ヴィリアーズ侯爵家の第二子で、父リチャード、母オフィーリアのもとに生まれた。三歳年上の兄チャールズがいたが、彼は生まれつき身体が弱く領地にある別荘で過ごしていたため、ほとんど交流はなかった。

ヴィリアーズ侯爵家はここウィンストン王国でも一、二を争う豊かな領地を持ち、潤沢な資産を保有していた。また王室への発言力も強く、父リチャードの陛下からの信頼も厚い。

まさしく貴族らしい貴族といった両親はエリザベスの養育に直接携わることはなく、王都のタウンハウスに共に暮らしているにもかかわらず、月に一、二度顔を合わせるだけの希薄な関係である。

五歳児に戻ったエリザベスは娼婦に身を落とし五年間ひもじい生活をしていたため、食事を楽しみにしていた。

「んんん～！　ご飯が温かい！　美味《おい》しい！　最高！」

ありがたいわ～と一人でダイニングで食事をとるエリザベスに、使用人たちはギョッとした。好き嫌いが激しく、料理に少しでも嫌いな物が入っていると癇癪《かんしゃく》を起こしていたお嬢様が、喜んで食べているのだ！「料理長に美味しかったと伝えてちょうだいね、特に仔羊のワイン煮最高だったわ」と言って完食したエリザベスを見て、天変地異の前触れか？　と使用人たちが震え上がっている。

――それにしても贅沢《ぜいたく》だわ。小娘一人にこの料理。ここ数日水しか口にできなかったっていうのに。それ以前も客から恵んでもらったカビの生えた堅いパンや、傷《いた》んだ野菜くずのスープがこの間までの私の食事だったわ。

ナプキンで口を拭《ふ》き、改めて周囲を見渡す。使用人たちが驚きを隠せずにいる。

——そりゃ驚くわよね。我儘癇癪《わがままかんしゃく》娘が、文句も言わず食事にがっついているんだもの。

エリザベスはそんな使用人たちにニッコリと微笑んで、足取り軽くダイニングを後にした。

——よくよく考えてみると、こんな小さな子ども一人で食事させるなんておかしいわ。当時の私はどう感じていたのかしら。

エリザベスは子持ちの娼婦を思い出した。名をアンナと言ったが、彼女には一人息子がいた。アンナも路上で客を取っており、エリザベスと商売の場所が被《かぶ》っていたため時折話しかけられた。焼き鏝《ごて》の火傷跡が身体の至る所にある醜《みにく》くなったエリザベスに初めて話しかけてきた人物でもある。

アンナは大抵、八歳になる一人息子オリバーの話をエリザベスにしていた。

「これね、オリバーがくれたんだよ」

歪《いびつ》な形をした髪飾りをエリザベスに見せた。アンナは髪飾りを優しい目で見つめた後、大切そうに襤褸《ぼろ》布で包みポケットにしまった。

「優しい自慢の息子さ。あの子がいるから、あたしは頑張れるんだよ」

こんなところまで身を落としても幸せそうな顔をするアンナをエリザベスはまったく理解できなかった。

「あんたは、その醜い見た目だ。しかも口もきけない。客もなかなか取れないだろう？　可哀《かわい》想《そう》にね」

アンナはエリザベスに同情する。同情なんてされたことのないエリザベスは怒りでどうにかなりそうだった。アンナは前歯がなく実際の年より老けて見えたし、そもそもの顔の造形も醜いと言える部類だ。もちろん品《ひん》も教養もあったものではない。エリザベスは、お前ごときに見下されるなんて冗談じゃない、摑みかかって殴りたい、罵《のの》りたいと、アンナの同情に心底憤《いきどお》った。しかし呪いのせいで手も足も出ない。罵倒《ばとう》することもできない。エリザベスの焼き鏝《ごて》の跡で引きつった醜い顔では怒りを示すこともできない。

アンナはエリザベスと顔を合わせるたびに声をかけてきた。いつも前歯の欠けた口を大きく開け、笑顔で話しかける。アンナもエリザベス同様、底辺の人間だ。アンナもエリザベス以外に話し相手がいないのかもしれない。そんなことを考えながら、アンナの息子自慢を聞いていた。

エリザベスはアンナがいつも笑顔で幸せそうにしているのが理解できなかった。こんな底辺も底辺の暮らしをしているのに、何故笑っていられるのか。アンナが宝物だと語る子どもとはこの暮らしの苦しみをものともしないほど素晴らしいものなのか。

しばらくすると、アンナは姿を見せなくなった。エリザベスが娼婦に身を落としてからちょうど半年経《た》った頃のことだった。エリザベスはいつもの商売場所である路上でアンナを目で捜すようになった。エリザベスはアンナのことを鬱陶《うっとう》しく思っていたはずだった。何故自分がアンナを待っているのかが分からなかった。そんな中、アンナが亡くなったとの噂がエリザベスの耳に入ってきた。感冒《かんぼう》から肺炎になって亡くなったとのことだった。

エリザベスはアンナの子どもはどうしているのかと気になった。生まれて初めて人を心配したのだ。会ったこともない子どもなのに。

こうした生活を始めて半年経《た》ったが、エリザベスには筆舌《ひつぜつ》に尽くしがたいほど辛《つら》いことしかなかった。臭くて汚い男に物のように扱われる。誰もが化け物を見るようにエリザベスを見る。話しかけてくる人なんて皆無だ。そんな中、アンナはエリザベスに話しかけてきた。同情されたことに腹を立てたが、それでもアンナは人間としてエリザベスに接した。一方的な会話だったが、それでも唯一人間として扱ったのだ。

愛する子どもを残して亡くなったアンナを思い出したら、涙が溢れてきた。エリザベスは初めて人の死を悼《いた》んで泣いた。住んでいるところも知らない、特に親しかったわけでもないアンナのために。

――私はその時初めて、他人の心情を慮《おもんぱか》ろうとした。相手の立場になって考えるということを知ったんだわ。でも、それからは己が犯してきた罪の重さに苛《さいな》まれることになったけど。いかに非道なことをしていたのかをやっと理解したのよね。

アンナとの出会いによって、エリザベスは己の罪と向き合うようになった。後悔の念はエリザベスを苛《さいな》み、死ぬまで懺悔《ざんげ》の日々を送ることになる。身体を売ることも醜くなった身体も飢えも当然の報いとして受入れたが、あまりにも辛かった。死だけがエリザベスの唯一の救いであり望みとなった。

食事を終えたエリザベスは自室に戻り、考えていた。

――やはり、小さな子どもが毎食一人で食事をとるなんておかしいわ。もしかして当時の私は寂しかったのかしら。でも、それが当たり前だったから寂しいということすら分からなかったのかしら。まあ、どんな理由にせよ使用人に八つ当たりしていいわけではないわ。

とりあえず、この状況を打開することにしようとエリザベスは考えた。

かつての五歳のエリザベスはまるで女王のように振る舞っていた。家族とまともに話すこともなく、何をしようと咎《とが》める者もいない。

もっと幼い頃はナニーが優しく注意をしてくれていたがそのたびに暴れて物を投げては癇癪《かんしゃく》を起こすので、エリザベスが怒り狂わぬよう接するようになったのだ。何をしても叱らず、我儘を聞く。

それを踏まえれば、メイドであるメアリがエリザベスを抱きしめた行為はかなり勇気のあるものだと言えよう。

――そういえば、子どもの私を抱きしめる人なんて誰もいなかったわね。かつての人生と同じような環境で育ったら、また同じ轍《てつ》を踏むことになる可能性があるわ。でも、この環境を変えるのは容易《たやす》くなさそうね。同じ両親を持つ兄のチャールズは私とは違い穏やかで大人しい性格だった。滅多《めった》に会うこともなかったから実際のところは分からないけど。私はその兄すら邪魔で殺してしまったのよね……。

罪を犯す道を再び辿らないためにも、とりあえず兄と同じ環境に身を置くことにしようと決めた。エリザベスは、早速、家令に兄のいる領地のカントリーハウスに居《きょ》を移したい旨を両親に伝えるよう頼んだ。しかし、チャールズはカントリーハウスではなく南部の飛び地の領地サザーランドの別荘にいるとのことだった。エリザベスはかつての自分がチャールズにいかに無関心であったかを改めて知ることになる。

翌日、父親であるリチャードからサザーランドの別荘で過ごしてもよいとの許可が下りたと家令から知らされた。リチャードは娘がサザーランドの別荘に行きたいと言い出したその理由も聞かずに了承したのだ。あまりにも娘に無関心すぎると思いつつも、エリザベスは執務室にいるリチャードに一言お礼を言ってタウンハウスを出立する。礼を言いに行った時、彼は書類から目を離しエリザベスを一瞥《いちべつ》したが、面倒くさそうに頷《うなず》くと再び書類に目を落とした。母親は旅行中で不在だったため挨拶《あいさつ》をすることもなくエリザベスは王都を発《た》った。

◇◇◇

エリザベスはメイドから専属侍女にしたメアリを伴《ともな》って、王国の南部にあるヴィリアーズ領の一つのサザーランドの別荘に向かった。サザーランドは年間を通して穏やかな気候で、緑豊かな領地である。到着した別荘の門を抜けると、邸に続く素朴なタイル張りの道の脇には愛らしい花が植えられていた。その花の向こうには常緑樹が自然のままに生えている。王都のタウンハウスとは異なり別荘は人工的な感じがしない。別荘の建物は素朴だが石造りで重厚な造りをしており、歴史を感じさせた。

馬車を降りると、薄茶色の髪を靡《なび》かせ、エリザベスと同じアメジスト色の瞳を輝かせながら兄のチャールズが駆け寄ってきた。

「エリザベス！　久しぶりだね。とても大きくなったね。元気にしていたかい？」

「お兄様、お久しぶりです。お加減はよろしいの？」

「最近は発作も少なくなってきて、随分《ずいぶん》と楽になってきたんだ」

「それはようございました」

「会うのは君が二歳の頃以来だね。エリザベスはなんだか年のわりにすごく大人びている気がするよ」

それはそうだろう。中身は娼婦経験のある二十三歳である。そこでエリザベスは、チャールズに不審がられないよう言動に気をつけねばならないとようやく気づいた。王都の邸では誰もエリザベスの子どもらしからぬ行動を気にはしなかった。使用人たちはエリザベスの不興を買わないよう苦心するのでいっぱいいっぱいのようだった。

子どもらしく振る舞えるだろうか。そもそも子どもらしいとは何かと煩悶《はんもん》しはじめたエリザベスに、チャールズは手を差し伸べた。

「さあ、家に入ろう。疲れただろう？」

チャールズの手は温かかった。

　別荘には初老の執事のスティーブをはじめとする、十分と言える数の使用人たちがいた。チャールズのために家庭教師も医師も常在している。家庭教師にいたっては三名もいた。エリザベスは父リチャードのチャールズに対する期待をまざまざと見せつけられた。かつてのエリザベスには未亡人の伯爵夫人が一人教育係につけられ、マナーを中心に指導されただけである。もっとも勉強のためにつけられた女家庭教師《ガヴァネス》もいたのだが、エリザベスが盗みの濡れ衣を彼女に着せて辞めさせた。エリザベスは勉強に意義を見出せなかったために、家庭教師を不要だと判断したのだ。

　チャールズに手を引かれ、玄関ホールを抜けてパーラー《談話室》に向かった。大きな窓からは柔らかい日差しが注いでいた。エリザベスを迎えるために、新調したであろう子ども用の椅子と低いテーブルが窓際に置かれている。チャールズがエリザベスのために用意させたらしい。

「ここは邸の中で一番陽当たりがいいんだ。こっちからはテラスに行けるよ」

「お兄様、ありがとうございます。すごく、すごく嬉しいわ！」

　エリザベスはチャールズの優しさに心を打たれた。ほとんど会ったこともない妹のためにここまでしてくれるとは、予想だにしなかったのだ。

　エリザベスに用意された居室は、ひよこ色の壁紙に白で揃《そろ》えられた家具、端には小さな人形用の椅子に座ったテディベアが置かれており、まさに子ども部屋といった部屋だった。五歳のエリザベスのためにわざわざ用意してくれたのだ。これから過ごす部屋は優しい雰囲気で満たされていた。チャールズがいかにエリザベスを歓迎してくれているのかが分かる。

「ほとんど会ったこともない妹のために、こんなにしてくれるなんて。雨露《あめつゆ》が凌げて入浴もできて、飢えることもないだけでもありがたいのに」

エリザベスは独りごちて窓の外を眺めた。自然の姿を損なわずに剪定《せんてい》された木、整えられた芝生、少し離れたところにある小さな四阿《あずまや》にその周りを囲うように植えられた薔薇。美しいと思った。以前ならば、この景色を洗練されていないと感じただろう。エリザベスはこの地で生活できることに感謝した。


サザーランドに移ってからのエリザベスの生活はこれまでのものとは一変した。

「お嬢様、おはようございます」

エリザベスの朝は早い。職人でもなんでもないが早い。

「おはよう。お兄様はもう起きてる？」

「まだお休みのご様子ですよ」

「そう、だったら私が起こしに行くわ！」

「今日こそはおやめください。チャールズ様の心臓が止まります！」

エリザベスは、毎朝チャールズを起こすことを楽しみにしていた。いかにして驚かすかに心血を注いでいた。ワンパターンにならないように、かつ聴覚や臭覚《しゅうかく》に訴えて起こす方法を日々探し、毎朝新しい方法で起こすのだ。別荘に来てやることがなく暇だったからということもあるが、チャールズの夜更かしを治したいという目的もあった。チャールズは日中、家庭教師に付きっきりで勉強させられているため、就寝前の読書だけが唯一の楽しみのようだった。そして、つい夢中になって夜更かしをしてしまう。友人もおらず、身体も弱いチャールズは本だけが心の拠《よ》り所になっていたのだ。エリザベスはチャールズの楽しみを奪いたいわけではないが、健康のためにも早寝早起きをさせるべきだと考えていた。

寝ているチャールズを起こさないようにそっと部屋に入る。密閉したガラス容器から豚の足の指の間の匂いがすると言われるチーズを取り出し、チャールズの顔に近づけた。

「うわぁあああ」

チャールズは身体を震わせて飛び起きた。

「ふふふ、どっきり大成功！」

エリザベスがにやりと笑って言うと、普段穏やかで大人しいチャールズが感情を露《あらわ》にして怒る。使用済みの靴下を嗅《か》がされたと思ったらしい。高級チーズだとエリザベスが説明すると疲れた顔をして脱力した。わざわざチャールズを起こすために取り寄せたのだ。

毎朝エリザベスに起こされるようになってから、チャールズは極力夜更かしをしないように努めはじめた。そして一か月後には、執事にエリザベスが起こしに来るのを阻止させ、その間に起きられるようになった。

また、エリザベスは使用人たちと積極的に関わっていた。王都のタウンハウスでのエリザベスを知らないため、別荘の使用人は先入観を持たずに接してくれる。誰もエリザベスを恐れない。当たり前のことがエリザベスには新鮮で、そしてありがたかった。

毎食チャールズと共に食事をとりお喋《しゃべ》りをする。家族と食事をし、話をすることは世間一般ではごく当たり前のことかもしれない。しかしエリザベスにとっては何よりも喜びを感じることだった。嬉しかった。かつてのエリザベスが知らなかった幸せである。

別荘に着いたその日、生まれて初めてチャールズと一緒に食事をとった。その日の夕食のメインディッシュは、チャブという川魚の香草グリルでスープには野兎の肉が入っている。どの料理にも新鮮な野菜が使われていた。王都のタウンハウスの料理のような華美さや豪華さはないが、素材のよさを生かした非常に美味しい料理が振舞われる。

「お兄様とお食事を一緒にできて嬉しいわ。お野菜もお肉もお魚もすごく美味しいし、幸せだわ。お兄様はいつもこんな美味しいお料理を食べていらしたのね」

「ははは。ベスがここの食事を気に入ってくれて嬉しいよ。確かに美味しいけど、今まではひとりぼっちだったから実のところ味気なかった。僕もベスと一緒に食事ができて嬉しいよ。ここはいいところだけど、やっぱり家族がいないのは寂しいからね」

「お兄様、寂しかったの?」

「そりゃ寂しいさ。でも侯爵家の嫡男《ちゃくなん》としてそんなこと言えないよ。父上は僕に殊《こと》の外《ほか》期待しているみたいだしね。それに身体も弱いから、誰かと外で思いっきり遊ぶのは難しいし」

――お兄様は寂しかったのね。そんなこと考えたこともなかったわ。一流の家庭教師をつけられて日々勉強漬けで遊ぶ暇もないでしょうし、この領地には他に貴族の子息もいないからお友達を作ることも儘《まま》ならないものね。

エリザベスはサザーランドの別荘に移ってから、舌が更に肥えて素材の良し悪《あ》しが分かるようになった。かつてのエリザベスも舌は非常に敏感であったが、素材の味を楽しむよりは調味料や調理方法に重きを置いた料理を楽しんでいた。また紅茶に関しては一言居士《いちげんこじ》でもあった。今のエリザベスも紅茶を嗜《たしな》むが、サザーランド伝統のハーブティーを好むようになった。その日の気分でハーブティーのブレンドを変える拘《こだわ》りをみせるようになる。

チャールズの孤独を知ったエリザベスはそれを少しでも癒したいと考えた。しかしエリザベスにできることはたかが知れている。悩んだ末に、ピクニックに誘うことにした。

「お兄様、今度お庭でピクニックしましょう！　前ね、ご本で読んだの。布を敷いてその上に座ってご飯を食べるの。ねぇ、駄目？」

エリザベスは上目遣いでチャールズに頼んだ。

――子どもらしく振る舞うのは恥ずかしいけど、私が殺したお兄様には幸せな日々を過ごしてほしいわ。外で走り回ることができなくても、戸外でランチならできるでしょう。

エリザベスがチャールズを毒殺したのは、彼が十四歳の時だった。喘息の発作の頻度が少なくなったチャールズは王都で社交界デビューをするためにタウンハウスに戻り、遅ればせながら王侯貴族が通う王立学園に編入する予定だった。

エリザベスは今までその存在を無視していたチャールズが侯爵家を継ぐという事実に憤っていた。チャールズは遠い領地で死に、エリザベスが侯爵家を継ぐものだと信じていたのだ。自分にまだ婚約者をあてがわれていないという事実が、その考えに真実味を帯びさせていた。チャールズの死後、婿入りできる婚約者がエリザベスにあてがわれると確信していたのだ。

チャールズが王都に戻った後、両親は嫡男である彼を伴い夜会に出席するようになった。学園生活もある上に身体も弱いこともあって、顔を出す夜会は厳選されていた。特に父リチャードは熱心にチャールズを有力な貴族たちに紹介するようになる。チャールズがエリザベスと違い両親に目をかけてもらっている事実が、彼女には許せなかった。

そんな中、チャールズは慣れない王都での生活で疲労が溜まって久々に発作を起こす。その際に医師から処方された水薬にエリザベスは遅効性の毒を混入させた。

果たしてチャールズは五日後に亡くなった。

——お兄様に薬を手ずから飲ませた時、「エリザベスありがとう」と苦しいのに微笑んだわ。私は邪魔なお兄様を始末できると思ったら嬉しくて笑顔で「どういたしまして」と答えたんだわ。


子どもに戻ったエリザベスにできることは、チャールズに寂しい思いをさせず、少しでも楽しい日々を過ごすための手助けをすることだと考えた。贖罪《しょくざい》の意味もあるが、愚かなエリザベスを疑うことなく接してくれたチャールズはエリザベスにとって大切で得難《えがた》い人に違いなかった。

まずはチャールズに不審がられないよう、より自然な子どもらしい振る舞いを学ぶ必要がある。貴族の子どもはかつてのエリザベスと似たり寄ったりの高慢な者が多い。性根の良し悪しはともかくとして。チャールズのためにも、この田舎の環境に馴染《なじ》んだ子どもになるべきだろうとエリザベスは思案した。


さて、エリザベスが誘ったピクニックだが、彼女自身はしたことがない。庶民向けの恋愛小説の内容を思い出してチャールズに提案したのだ。そもそもピクニックをして何が楽しいのかは理解できないが、小説の中では平民の男女二人が楽しそうにしていたのだから、あながち間違ってはいないだろうとエリザベスは思っている。その証拠にチャールズはエリザベスの誘いを快諾した。

ちなみにその小説は、娼婦時代に古本屋に本を売って生計を立てている男が金のかわりに渡してきたものだった。その時は金払えよ！　と腹立たしかったが、結果として久しぶりに手に取った本はエリザベスの心を慰めた。ぼろぼろの価値のない薄っぺらの本だったが、エリザベスは死ぬまでに何度も読んだ。

翌日エリザベスはメアリにすぐ近くの農村に連れて行ってくれるよう頼んだ。より自然な子どもとしてチャールズに接するために、そこで子どもを観察することにしたのだ。エリザベスは行動が早い。

メイドから侍女になったメアリはエリザベスの変化に戸惑っていたが、恐らくこれが本来のエリザベスだったのだろうと思うに至った。多分寂しかったのだろう。構ってほしかったのだろう。まだ五歳だ。メアリはそう考えた。幸いにも五歳のエリザベスはまだ決定的に人を害したことはなかった。すべて頑是《がんぜ》ない子どものすることだと、そして生まれつきの癇癪《かんしゃく》持ちなのだろうと認識されていたのだった。

メアリはエリザベスの今までの我儘とは異なる可愛らしい願いを叶えてあげたいと思った。そしてエリザベスを農村に連れて行ってよいか執事に相談することにする。
そんなメアリの様子を見ながら、エリザベスは思いに耽《ふけ》った。

――五歳児に戻れてよかったわ。これが十歳だったら、すでに使用人を痛めつけているもの。ああ、それにしてもメアリには悪いことをしたわ。だって彼女、これから王都の邸の料理人と恋人同士になるはずなのに、その機会を奪ってしまったんだし。いえ、まだ出会ってないかもしれないわ。彼女を暴漢に襲わせたのは私が十五歳の時だもの。うん、多分大丈夫だわ。そういえば、あの婚約者だった料理人は私に報復しなかったのよね。メアリが亡くなって半年も経たないうちに、出入りの業者の娘と結婚したとか。結構薄情な奴だったんじゃないの？　メアリを自殺に追い込んだ私が言うのもなんだけど。

執事の許可を得て、エリザベスは近くの農村に行くことになった。エリザベスの目的は子どもたちの生態観察である。そのためには、あからさまに貴族であるとバレるようなことはしたくない。生態観察において生物空間を無闇《むやみ》に乱してはならないとエリザベスは考えている。極力目立たず、観察をするのだ。観察対象に観察対象であることを悟られてはならない。これは、かつてのエリザベスが微量の毒薬を人体実験に用いた時の経験から得たことである。毒薬を混ぜたものとそうでないものを他人が主催したお茶会で密かに仕込んで様子を観察する際に、決して気づかれないように細心の注意を払っていた。

余談ではあるが、毒薬によって気分が悪くなる者が現れると、それに同調して毒薬を服用していない者も気分が悪くなるということがままあり、それはエリザベスの毒薬に対する探求心を深めた。使用人に対して二重盲検法をしたこともあった。エリザベスは普通の座学は大嫌いだったが、自分の興味のあることには全力で取り組んでいた。恐ろしいくらいの集中力と優秀な頭脳をもって。もっともそれは、ろくでもない非道なことに関してだけであるが。

エリザベスはできるだけ目立たない質素な服を用意するようメアリに頼んだ。しかし侯爵令嬢ゆえ、手持ちの衣装はすべて質のいい物ばかりだ。農村では見かけることはまずないであろう。

「お嬢様、こちらのワンピースではいかがですか?」

メアリが手に取ったワンピースは薄紅色のローン綿織物でできたものだった。ウエストにたくさんのギャザーが入ってふんわりとしており、袖にも襟にも繊細なレースが小さく施されている。

「うーん、駄目だわ。平民が着るような服がいいの。目立ちたくないのよ」

「そうおっしゃいましても、そのようなお洋服はございませんよ」

「ないなら、使用人の子どものお下がりを借りられないかしら?」

28

「使用人の子どものお下がりですか！」

「大丈夫よ。ちょっとの間、借りるだけよ」

「そういう問題ではございません。お嬢様は侯爵家のご令嬢ですよ。平民のような恰好をさせるわけには参りません。私にもお嬢様の侍女としての矜持《きょうじ》がございます」

メアリは頑《かたく》なに譲《ゆず》らなかった。結局エリザベスが折れて、メアリが勧めたワンピースを着ることになった。

「じゃあ、今日は仕方がないからこれで行くわ。上から襤褸《ぼろ》布でも羽織って。近いうちに平民とは言わないけど、裕福な商人の子どもが着るような服を仕立ててね。貴族っぽいものは駄目よ」

メアリはエリザベスが何を考えているのかさっぱりわからなかった。しかし、王都にいた頃よりもエリザベスとのやり取りは楽しいし、エリザベスの態度も好ましいと感じた。高慢で癇《かん》癪《しゃく》持ちのお嬢様は影を潜《ひそ》めた。そのかわりに意味不明で突飛なことをするようになったが。さすがにエリザベスに襤褸《ぼろ》布を羽織らせるわけにもいかないので、コットン《木綿》の大きなストールをマントのように巻きブローチで留めた。

「じゃ、出発よ！」

エリザベスは用意された小さな箱型の馬車に乗った。執事によって、二名の護衛が付けられる。

「農村近くになったら馬車を止めてね。絶対に人に気づかれないところに馬車を止めてね」

エリザベスは御者《ぎょしゃ》に頼んだ。その様子を見て、メアリはエリザベスが洋服に拘《こだわ》ったことと何か関係あるのかと思い尋ねた。

「お嬢様、何をなさりたいのですか？」

「あら、メアリに今日の目的を話していなかったわね」

「目的とはなんでございましょう？」

「ふふふ、農村の子どもたちを見てみたいの。何をして遊んでいるのか興味があるの。ここは自然がいっぱいだけど、私はこういったところで遊んだことないし」

「お嬢様、平民の子どもがするような遊びをするのはいかがかと思いますよ」

「大丈夫よ。王都に戻ったらちゃんと淑女として行動するから。ここにいる間は子どもらしく振る舞いたいの」

エリザベスはまだ五歳だし、ここなら王都と違って他の貴族に見られることも噂をされることもないだろうとメアリは考え、エリザベスの子どもらしい願いを尊重することにした。

別荘はなだらかな丘陵地に建っている。馬車を走らせていると長閑《のどか》な田園風景が広がる。見晴らしがよすぎて隠れる場所がなかった。残念ながらエリザベスは事前調査をしていなかったのだ。かつてのエリザベスならば行動を起こす前に念入りに計画を立てていただろう。しかし、今のエリザベスは悪逆非道な行為とは縁遠い生活をしているため、かつてのエリザベスでは考えられないほど暢気《のんき》な令嬢になってしまったのだ。

結局、村の外れに馬車を停めた。護衛を二人引き連れてメアリと手を繋《つな》いで辺りを見ながら歩いた。こんな経験は初めてである。王都では散歩自体ほとんどしたことがなかったし、ましてや侍女と手を繋《つな》いで歩くことなどなかった。午後の日差しと風が気持ちいい。秋風が黄金色の麦畑の上を走る。

村の方から鐘が鳴る音が響いた。しばらくすると学校を終えた子どもたちが休耕地《きゅうこうち》に走って集まってきた。年の頃は七、八歳といったところか。早速、エリザベスは子どもたちを観察しはじめた。エリザベスに気づいた子どもたちは、最初はちらちらとこちらを見ていたが、そのうちに遊びに夢中になっていた。

「よし。今日は騎士ごっこをするぞ！　俺が騎士でお前らその部下と盗賊な！」

ガキ大将といった風の少年が、木の枝を振り回す。

「えぇ、やだよ。僕いつも盗賊の役で殴られるんだもん……。かくれんぼにしようよ」

「私、お姫様役がいい！　ねえジョンが王子様役ね！」

「それよりも、向こうの沢でザリガニ釣ろうぜ」

「栗を拾いに行こうよう」

——まったく好き勝手に各々が主張しているわ。子どもって仕方ないわね。どう収束させるのかしら？

しばらくすると、木の枝を持った少年が他の子どもたちを追いかけはじめた。子どもたちはきゃあきゃあ言いながら逃げている。

「ねぇメアリ、あれは何をしているのかしら？　あの追いかけられている子たちは虐《いじ》められているの？」

「多分、鬼ごっこだと思います。ほら、みんな笑っているから虐めではなさそうですよ」

「なんで鬼ごっこをしはじめたのかしら？」

「なんででしょうね。なんとなく鬼ごっこになったんでしょう」

「結局、誰の意見も通ってないわよね」

「ふふ、そうですね。でもみんな楽しんでいますよ」

——なるほど、自己主張しかしないのはかつての私と同じようなものね。違うのはそれを突き通さずに、みんな柔軟に対応するところ。とはいえ、あの子たちがそんな小難しいことを考えているとは思えないわ。とりあえず子どもって、その時その時、楽しければそれでいいみたいね。私も適度に我儘を言わなきゃ、子どもらしくないわよね。匙《さじ》加減が難しいわ。でも我儘を通さなければ、問題ないわよね。

エリザベスはより子どもらしく振る舞えるように、今後も子どもたちを観察することにした。

次の子どもたちの観察では、メアリが用意してくれた商家の娘風のワンピースを着て少し離れた町まで足を伸ばした。町の子どもたちも村の子どもたちも大差はなかった。エリザベスは観察をやめて、メアリと一緒に町を見物する。王都に住んでいた頃は買い物に行くことはほとんどなかった。商人たちが邸に通ってくることと、エリザベス本人がそれほど外出を好まなかったせいだ。

「メアリ！　あのお店に入りたいわ」

エリザベスはハーブ専門店を指さした。

「ハーブのお店でございますね。この辺りはハーブが昔から使われているところですので、色々とありそうですね。スティーブ様の許可も得ていますから、今日はお店を見て参りましょう」

メアリは町に出かけることになった際に、あらかじめ執事のスティーブに店に行ってもよいか確認をしていたのだ。

「メアリ、気が利《き》く！　ありがとう！」

にこりと笑ったエリザベスはメアリの手を引っ張ってハーブ専門店に入った。様々な種類のハーブがあるが、ほとんどが乾燥させたもので大きなガラス瓶に詰められて量り売りされている。

かつてのエリザベスは毒草が大好きだった。毒草にはハーブも含まれる。しかし今のエリザベスは純粋にハーブが好きだった。こちらに来てハーブティーを飲むようになったため、その美味しさに目覚めたのだ。いくつかのハーブを買って店を出た。

次に菓子店に入った。王都の菓子店とは異なり、繊細で美しいケーキやクッキーはない。素朴な焼き菓子や日もちのするケーキが並べられている。エリザベスはチャールズと別荘の使用人たちへの土産《みやげ》としてクッキーを買った。どの菓子だとチャールズや使用人たちが喜んでくれるだろうかと何度もメアリに訊《き》いた末に選んだクッキーである。

メアリはどんなものでもお嬢様からのお土産なら喜ばれますよと言うが、相手のことを考えて贈り物をするのはエリザベスにとって初めてである。メアリの回答は参考にならないと困って眉を下げた。結局はメアリが言う通りエリザベスが選んだクッキーを渡すとみんな喜んでくれたのだが、エリザベスとしては少しでもみんなが喜んでくれる贈り物がしたいと思うのだ。

エリザベスがサザーランドの別荘に移って三ヶ月が経った。そろそろ生活にも慣れただろうと判断され、エリザベスに女家庭教師《ガヴァネス》が付くことになる。かつてのエリザベスは興味のない勉強はまったくしなかった。恐らく初めて学ぶことが多いだろう。

「お兄様みたいに、いっぱい勉強しないといけないの？」

心配そうな顔をしてチャールズに訊く。子どもらしい振る舞いも堂に入ったものだと、こっそり自画自賛するエリザベス。


――あれから、農村だけでなく町でも子どもの観察をしたのもあるけれど、そもそも私は成熟した大人ではなかったわ。残酷で未熟な子どものままの大人、いや怪物だった。


チャールズはエリザベスの頭を撫でながら言った。

「心配いらないよ。ベスなら大丈夫。確かに遊ぶ時間は減るだろうけど、今よりもっと楽しく遊べるようになるよ。時間そのものが貴重なものになるからね」

「そうなの？　よく分からないけど頑張るわ」

意味は理解しているが、敢《あ》えてエリザベスは分からないと答えた。先日九歳になったばかりの男の子は、かつてのエリザベスより大人だった。

「お兄様、私またピクニックしたいわ！　今度はお庭じゃなくて、向こうの丘の上で。サンドイッチとクッキーとパイを持っていくの！」

「ははは。ベスは食いしん坊だな。ちゃんと勉強をしたら一緒に行こうね」

「約束よ！」

エリザベスはピクニックを殊《こと》の外《ほか》気に入った。同じ屋外でもテーブルに椅子でのお茶会よりも、敷布の上に座って自由にランチを取るのは新鮮で楽しかった。

エリザベスは五歳児に戻った当初はまじめに贖罪《しょくざい》の日々を送るつもりだったが、結局のところ好き勝手に行動していた。自分以外の人間の気持ちを慮《おもんぱか》って行動をするようにはなったが、そうそう根本的な性格は変わらないものだ。

平民の子どもの真似をして木登りしたり、沢でザリガニ釣りをしたり、おおよそ貴族令嬢として褒められた行動ではなかったが、そういう行動を通して別荘の使用人たちとの距離は更に縮まった。エリザベスは何事においても研究熱心だった。木登りに関してはどの木がより木登りに向いているか、ザリガニ釣りの効率的な方法は何かと使用人たちの意見を聞くのだ。トライアル・アンド・エラーの繰り返しだ。そんなエリザベスは「一人で行動させると何をするか分からない、優しいけど風変わりなお嬢様」と使用人たちから評されていた。

エリザベスは侯爵令嬢でありながら、高慢なところも使用人を見下すようなこともない。そして何より思いやりをもって接する。使用人たちはエリザベスが好きだった。

使用人だけでなく領民たちを平民だからといって見下さないのは、かつて最底辺の娼婦として生きた記憶によるところが大きかった。身分が異なっても、同じ人間であるということを身をもって知っているのだ。

——疲れるまで森の中を駆け回ったり、泥だらけになったりするのって楽しいのよね。まさに生きているって感じがして。メアリはよく叱るけど、それもなんだかくすぐったくって嬉しいし。執事のスティーブを驚かせて、いつもの冷静な表情を崩させるのも面白いし。お兄様の呆《あき》れた顔も好きだわ。

エリザベスは己の人生を正すという当初の目的を忘れがちになりながら、充実した毎日を過ごしていた。

しばらくして、女家庭教師《ガヴァネス》のジェーンが王都からやってきた。ブルネットの髪をきつく結《ゆ》い、厳しい顔をした十六歳の女性だった。

彼女が王都のヴィリアーズ侯爵邸で面接を受けた時に、エリザベスが恐ろしく我儘で癇癪《かんしゃく》持ちの令嬢だと使用人たちが喋っているのを耳にした。しかし、彼女は教え子となる令嬢にどのような理不尽なことをされても稀《まれ》に見る厚遇のこの職を決して辞すまいと強く心に決めていた。貧乏子爵家の長女である彼女は、まだ幼い弟妹がいる実家に仕送りをしなければならない。そんな決意が彼女の表情を更に硬くさせていた。

ジェーンの悲愴とも言える表情はエリザベスに指導を始めてすぐに柔らかなものになった。

エリザベスは実に素直で優秀な子どもだったのだ。

「お嬢様は本当に素晴らしく理解がお早くて、感動いたしております！　ええ、マナーも完璧でございますし、私はお嬢様をご指導できて幸せでございます！」

　ジェーンは心から感心していた。自分が子どもの頃から頭がいいと誉めそやされていたのが恥ずかしくなるくらいにエリザベスは優秀だった。それはそうだろう、中身は二十三歳である。

「うふふ、ありがとう、先生。私、もっと色んなことを知りたいの。私でも役に立てる仕事を見つけたいの」

「おかしなことをおっしゃいますね。お嬢様は素敵な殿方とご結婚して、立派な貴族として生きるべきでございます。仕事などなさる必要はまったくございませんよ。貴族の女性は家庭を守ることと社交が仕事でございます。そのために教養をつけ、マナーを学んでいらっしゃるのですよ」

「あら、先生も貴族の令嬢だけどお仕事をなさって自立しておりますわ。素晴らしいと思うの。私も先生のように働いて人の役に立ちたいわ」

　ジェーンは貴族の娘なのに働かねばならない己の境遇を悲嘆したことはないが、そのことを誇りに思うこともなかった。だからエリザベスの言葉に驚いた。そして自分をそんな風に認めてくれる彼女のために、より多くのことを教えたいと思った。

――意外と勉強も面白いわね。かつての私はマナーとダンスだけは他人に舐められないようにと完璧にこなしていたけど、勉強は興味がなくて捨て置いていたわ。歴史も文学もどうでもよかったもの。私の人生にはまったく必要ないものだと思っていたわ。さすがに幼児向けの勉強は楽勝よ。時間が勿体無《もったいな》いから、ここは遺憾なく実力を発揮するわよ！

エリザベスは、勉学に真剣に取り組んだ。純粋に楽しかった。数年後には王都の王立学園で学ぶべき高度な内容まで勉強していた。その頃にはジェーンの指導だけでは難しくなっていたので、チャールズの家庭教師に教えてもらうことが多くなった。ジェーンからは淑女に必要な刺繍《ししゅう》や作法、教養として知っておくべき詩などを学んでいた。

勉強をする一方で、エリザベスは毎日のように外遊びをした。かなり優秀であったため勉強をする時間を多く取る必要がなかったのだ。余った時間はすべて遊びに充《あ》てていた。

天候が悪く外遊びができない日は、ジェーンに勧められた文学書を読んで過ごす。かつてのエリザベスは文学書を読むことはなかった。読んでも何が面白いのか理解できなかったのだ。他人に共感することなく育ったエリザベスには、物語を楽しむことはできなかった。しかし今のエリザベスは自分よりも他者を気遣い、思いやる。そしてそうすることを当たり前だと思うようになった。

今のエリザベスは本が大好きな令嬢だ。

◇◇◇

「スティーブ、ベスがどんどん野生化している気がするんだ。いや、勉強もマナーも問題ないよ。むしろ優秀すぎるほど優秀だ。でも異常に逞《たくま》しいというか。令嬢として大切なものを失いかけているような気がする……」

チャールズが執事のスティーブに難しい顔をして語りかけた。

エリザベスがサザーランドに来て六年が経つ。チャールズはエリザベスの寝起きドッキリ作戦により、早寝早起きをするようになった。そしてエリザベスと共に食事をすることにより、食べる量が増え、かつて虚弱体質だったとは思えないほど顔色もよく健康だ。

そんなチャールズに懸念を抱かせているエリザベスは、八歳の頃にサバイバルが主軸の冒険《ぼうけん》譚《たん》に出会ってからというもの、別荘のすぐ裏手にある森で毎日遊ぶようになった。必ず護衛はついており安全には配慮されていたが、食べることのできる植物を見つけると手に取り食べるのが常だった。生食に向かないものは別荘に持ち帰って調理してもらったり、加工したりする。そのため、ナイフは必需品だった。エリザベスのフォールディングナイフは、彼女自身によって手入れがされている。ナイフの研《と》ぎ方は料理人に教えてもらった。おかげでいつもナイフの切れ味は抜群である。

最初は傍《そば》にいる護衛に止められていたが、生きていくための勉強だと言い張って強行した。

そのうち護衛たちもエリザベスの行為を受け入れてしまうようになり、注意をするどころか植物のあるところを教えたりするようになった。

そしてエリザベスは、狩りにも興味を持つようになった。狩猟は罠《わな》を用いて行う。こればかりは本だけの知識では上手くいかず、狩猟の経験がある護衛に教えを請《こ》うた。ただ、捕まえた後、動物を殺すことができなかった。結局、捕まえるだけで逃がした。手伝ってくれた護衛には申し訳なかったが、哺乳類を殺すのはかつてのエリザベスを思い出して恐ろしくなるのだ。一方で、自分の手を汚さずに食事を取っていることに罪悪感を持つようになった。そんな思いをチャールズに告げると、彼は困ったような顔をした。

「ベスだけでなく、ほとんどの人が処理された肉を食べているから気に病むことはないと思うよ。みんなが自分で肉を調達できるようになったら、それを生業としている人が職を失うことになる。僕たちは貴族だから、雇用を奪うようなことをしてはならない」

チャールズはエリザベスをそう諭《さと》した。しかし、そもそも普通の令嬢は肉を捌《さば》かない。そして、それができないからといって罪悪感を持つ令嬢もいないだろう。チャールズはおかしな方向に成長している妹に不安を抱かずにはいられなかった。

自分が狩りに向いていないことを知って落ち込んでいたエリザベスだが、名著『釣り名人日誌』に出会い、魚釣りに夢中になる。狩りをしていた森には沢もあり、ちょうど足場のよい釣り場もあった。これは神の啓示かとエリザベスは感動する。釣り道具を用意し、毎日のように釣りをするようになった。餌《えさ》は新鮮なミミズである。サザーランドの土地は肥えているため、ミミズも豊富なのだ。

釣りは奥深かった。オモリの重さ一つで結果が変わる。エリザベスは夢中になった。そしてとうとう釣り具まで自分で作るようになる。魚を捌《さば》くのは抵抗がなかった。エリザベスにとって哺乳類と魚類の違いは大きかったようだ。魚をその場で捌《さば》いて、火を起こして焼くことも多かった。令嬢とは思えない手際のよさだ。そうやって調理された魚は護衛と共に食べた。

さすがに貴族の令嬢として日焼けは避けたいため、つばの広い帽子を被《かぶ》り、目だけ出るようにして顔にガーゼ仕立てのストールを巻き、手袋をして釣りをしていた。完全に不審者である。

一方、チャールズは身体も丈夫になり、この秋に社交界デビューする予定である。また、王都の王立学園にも編入する手筈《てはず》が整えられていた。この機会にエリザベスも王都に戻ることとなった。そして彼女もまた、チャールズと同じ学園に入学する予定である。

「この生活も終わるのね……。お兄様、私ずっとここにいたいわ。王都よりこちらの方が楽しいもの」

「ベス、僕たちは貴族だ。領民のためにも為《な》すべきことは為さないと。ね？」

「お兄様はマデリーン様とお会いしたいから王都に戻りたいんじゃなくて？　ふふふ」

「こ、こら！　兄をからかうんじゃない！」

チャールズは昨年、キャンベル公爵家の長女であるマデリーンと婚約した。チャールズより二歳年上の彼女は、灰色の細い目に丸い鼻と厚ぼったい唇をした全体的にぽっちゃりとした容姿をしている。お世辞にも美しいとは言えない令嬢だったが、身体の弱いチャールズを気遣える優しい性根と聡明さを持った女性だ。二人は婚約してから、頻繁《ひんぱん》に文通をしていた。どちらも熱心な読書家で、互いに本の感想を送り親交を深めていた。

「ベスの婚約者もだいぶ絞られてきているようだよ。恋愛結婚なんて貴族には無理なのは賢いベスなら分かってるよね。でも政略結婚でも幸せな家庭を築くことは決して不可能じゃないと思うんだ」

チャールズは目をキラキラさせて幸せそうに言う。

「お兄様ったら。マデリーン様と婚約できて本当によかったですわね。マデリーン様となら、政略結婚というより恋愛結婚といった方がしっくりきますもの。私は……結婚自体したいと思えませんの」

「それは難しいだろうね。父上が許さないだろう」

かつてのエリザベスは兄亡き後、マデリーンの弟であるヘンリーと婚約させられた。父はキャンベル公爵家といかようにしても誼《よしみ》を結びたかったようだ。それまでエリザベスに婚約者をあてがわなかったのは、いざという時、病弱な兄のスペアにするためだったのだ。だから、かつてのエリザベスが跡を継ぐつもりでいたのはあながち間違いでもなかった。

――ヘンリー様と婚約した後、私は学園でこの王国の第三王子であるアラン殿下に出会ったのよね。一瞬で恋に落ちたわ。そこでヘンリー様が邪魔になって……。彼に強力な媚薬を飲ませて、貧乏伯爵令嬢のキャサリンを襲わせたのよね。私はキャサリンが理由もなく嫌いだった。結局、彼は責任を取って彼女と結婚することになったけど、キャサリンにはもともと恋人がいたから悲愴な顔をしてたわ。……私ってやっぱりとんでもないクズだったわね。

学園時代を思い出して、暗澹《あんたん》たる気持ちになるエリザベスだった。

気に入らない令嬢をごろつきに襲わせ傷物にしたり、エリザベスの持ち物を盗んだと濡れ衣を着せて退学に追い込んだり、お茶会のたびに毒薬を仕込んだり、日々非道な行為を繰り返していた。最悪なことに、それを楽しんでいたのだ。

特にアラン殿下と相思相愛だった男爵令嬢カレンに対しては、相当な執着をもって殺害をしようとしていた。しかし、何故かカレンの周りには常に人がいてなかなか隙を見せない。百戦錬磨《れんま》のエリザベスをもってしても傷一つ付けることができなかった。

結局、目的を果たすことができないまま、エリザベスは放逐され拷問されたのだ。

しかし兄のチャールズが生存している未来なら状況は変わるはずだ。エリザベスはヘンリーと婚約することはない。

そして重要なことだが、今のエリザベスがアランに恋することはない。これは断言できる。実はアラン王子はエリザベスを報復者に引き渡した男の一人だ。恐れることはあっても好意を抱くことはない。

たとえその恐怖の記憶がなかったとしても、今のエリザベスはアランを好きになることはないだろう。アランは艶やかな黒髪と金色の目を持つ恐ろしく整った美貌の持ち主だが、自信家で我儘で態度の悪い不遜《ふそん》な人物だ。しかも虫が苦手な都会っ子。まったく魅力的に思えない。むしろ苦手と言えよう。虫に怯《おび》える姿すら意外性があって可愛いと思ったのは、まさに恋は盲目状態だったからとしか言えない。

今なら婚約者もいないわけだし、どうにかして結婚を回避して自立した人生を送れないかとエリザベスは釣竿を手入れしながら考えた。

◇◇◇

夏の終わりに王都に戻ったエリザベスとチャールズは、学園入学の準備に追われていた。エリザベスのたっての願いで、ぎりぎりまでサザーランドの領地にいたために慌ただしい日々を王都で過ごす羽目になったのだ。

エリザベスは、自室で釣竿の先端をナイフで削りながら溜息をついた。

「お嬢様、一旦、釣りのことはお忘れになってくださいまし。今日は旦那様と奥様とご一緒の晩餐《ばんさん》ですから、早くご用意なさってくださいませ」

メアリは釣りバカ令嬢に成長したエリザベスを促す。


――メアリは、サザーランドでは結局恋人を作ることはなかったわ。やはり、この邸の薄情な料理人と恋に落ちるのかしら？


「ねぇ、メアリ。あなたもう二十二歳よね。結婚は考えてないの？」

「何を突然おっしゃるのですか。そもそも相手がおりませんし、第一お嬢様のことが心配で結婚なんてできませんわ」

「あら、ジェーン先生は結婚したわよ。もう教えることはないって。私のこと立派な淑女だと褒めてくれたわ。メアリが心配する要素なんてまったくないと思うのだけれども」

「……まずは釣竿をしまってくださいな」

呆れた顔をして、メアリは晩餐用のドレスの用意をしはじめた。

十二歳になったエリザベスは非常に美しい令嬢になった。白銀の髪の毛は艶やかに輝き、長い睫毛《まつげ》に縁取られたアメジスト色の綺麗《きれい》な瞳、すっと伸びた鼻筋に、ふっくらとした形のいい赤い唇。まるで人形のように整った美貌のエリザベスは王都で密かに評判になっていた。

美しい容姿に、洗練された所作、そして何よりよその貴族令嬢と違い、高飛車《たかびしゃ》なところがなく、身分に関係なく誰にでも親切に接するエリザベス。

ヴィリアーズ侯爵邸に出入りする商人らは、無理な要求を決してせず、そして商品を持っていった際には丁寧に礼を言うエリザベスに感銘を受けた。その商人たちによって、エリザベスの噂は瞬く間に広がっていった。本人の与《あずか》り知らないところで、エリザベスは王都で注目の令嬢となっていたのだ。

ちなみにかつてのエリザベスは幼い頃からの不摂生がたたって、太っており肌が荒れた令嬢だった。容姿を磨《みが》くよりも戦略を練る方が好きだった。そして美食家でもあった。しかも美容には興味がなく無頓着だった。幼い頃から容姿を褒められることがなかったからか、自分の容姿に価値を見出すことはなかった。それは今のエリザベスも同じで自分の容姿にあまり興味がない。使用人たちが褒めてくれても身内の贔屓目《ひいきめ》だと捉えている。

メアリによって身支度をされるエリザベスは、晩餐のことを考えると気が重かった。

――あの両親と晩餐なのよねぇ。王都に戻って一度お父様とは会ったけれども、まだお母様とは会ってないわ。昨日の夕方に旅先からお戻りになったみたいだけど。本当に家庭に興味のない人なのよね。社交シーズンになるし、しばらくはこの邸にいるだろうけど、あんまり関わりを持つことはないでしょう。

エリザベスの母オフィーリアは、現国王の従姉妹に当たる。無意識にそして自然に人を見下すのが常で、それは夫リチャードに対しても同様だった。一方、父は母のことを血筋だけがいい愚かな女として接していた。そんな二人に共通するのは、エリザベスに興味がないという点だった。


邸で一番豪奢《ごうしゃ》なダイニングに行く途中で、エリザベスはオフィーリアと会った。

「お母様、ごきげんよう」

オフィーリアはエリザベスを一瞥したが、返事もせずそのまま侍女を伴ってダイニングに向かった。

「……相変わらずのご様子ね」

エリザベスは苦笑していたが、その様子を見ていたチャールズは心配そうに彼女を見つめていた。その姿に気づいたエリザベスは、にっこりと微笑んで言った。

「お兄様、一緒に行きましょう！　ねぇ、エスコートお願いできるかしら？」

「もちろんだとも、私の可愛いお姫様」

チャールズは、母親に無視されても気にせず、むしろ兄である自分を気遣うエリザベスが健《けな》気《げ》で、そして憐《あわ》れに思えて仕方がなかった。是が非でも、自分の婚約者のような素晴らしい相手と幸せな結婚ができるように、父親に進言しようと決めた。

チャールズはすっかり恋愛脳になっていた。

家族全員が揃った晩餐の話題は、チャールズの社交界デビューについての話に終始した。リチャードが一方的にチャールズに話すといった具合だ。オフィーリアはリチャードの話は聞かず、給仕にワインの銘柄《めいがら》を変えるように指示していた。

「このたびの王宮舞踏会をもって、お前は正式に社交界入りすることになる。この邸でも夜会を開くが、そこではお前が主役となる。お前はこのヴィリアーズの次期当主だ。しっかり務めなさい」

「承知しました、父上。ところでベスの婚約はどうなりましたか？」

チャールズの質問に、エリザベスはぎょっとした。いきなり何を言うのか。エリザベスが目を白黒させているとリチャードがそれに答えた。

「まだ決めかねているところだ。エリザベスの評判がいいせいか、思わぬところからも縁談が舞い込んでいる。しかし私は爵位よりも実を取りたいと考えている」

「父上は互恵《ごけい》関係を重視して縁談を進めるつもりなのですね。僕はベスには誰よりも幸せな花嫁になってほしいと思っています。ベスを愛してくれる、大切にしてくれる男がいい。爵位や資産よりも、その点を父上には重視してほしいのです」

その発言を受けたリチャードとオフィーリアは鼻で笑った。

ついでに、エリザベスも白目になっていた。

「何を子どものようなことを言っているんだ。これでは先が思いやられる」

それまで黙っていたオフィーリアも口を出した。

「本当にバカな子ね。貴方《あなた》に似たのかしら。ね？」


——お兄様、何をふわふわしたことをおっしゃってるの？　釣った魚に餌を与えてくれる男を結婚前にどうやって判別するというの？　魚は釣ったら美味しくいただくのが粋《いき》ですのよ。考えが甘すぎますわ。ちょっとお兄様、頭がお花畑になってるみたい……大丈夫かしら？


チャールズを除いた家族三人の感情が一致した。初めてのことだった。

その日の晩餐は、エリザベスは一言も発することなく終わる。

溜息をつきながら、自室に戻ったエリザベスは、薬草大全集第三巻を手に取った。釣竿の手入れも、釣りができない環境では虚《むな》しくなるばかりだ。読書はいい、心だけでも面倒な世俗から離れることができる。

かつてのエリザベスは、毒薬を何かとよく利用していた。主《おも》によからぬことのために。勉強は嫌いだったが、毒薬に関してはその筋の者も認める知識量だった。良薬も毒になり得るし、毒も良薬になり得る。

言わば、かつてのエリザベスは毒薬だった。それも非常にたちの悪い劇薬だ。

しかし、今のエリザベスは毒薬ではない。良薬とはいかずとも、ちょっと役に立つ薬、例えば便秘解消のための弱い下剤のような役立つ存在になりたいとエリザベスは思っている。

——かつての私と今の私は、確かに違う。でも同じ人間であることは紛れもない事実だ。人間というのはちょっとした選択一つで大きく変わるのかもしれない。かつての私でも兄と一緒に幼い頃からサザーランドで暮らしていれば、恐らくあそこまで酷い人間にはならなかったのではないかしら？

今エリザベスが読んでいる薬草大全集第三巻は東方の国の薬草についても言及している。薬草だけでなくキノコも薬として扱えるものがあるようだ。また、巻末の補遺《ほい》には彼《か》の国では虫を薬として利用していると記されていた。

気候がこちらとはだいぶ違うが、似たような虫やキノコを薬として利用できないかと夢は広がる。夢想していると、メアリがそっとお茶を用意してくれた。

「ありがとう、メアリ。今日はもう下がっていいわよ。今、私の頭の中はキノコと虫でいっぱいなの！　うふふ」

メアリは叫んだ。

その後、誤解は解けたが、勝手に虫やキノコを採取しないようメアリにきつく注意されたエリザベスだった。

◇◇◇

エリザベスが王立学園に入学する日が来た。チャールズは前々日に第四学年にすでに編入している。エリザベスもチャールズも王都のタウンハウスから馬車で通学する。学園には隣接する寮もあり、王都にタウンハウスがない遠方の生徒が利用していた。

馬車の窓から眺める王都の街並みは歴史を感じさせる。外の景色をぼんやり見ながら、エリザベスはこれからの学園生活の過ごし方を真剣に考えていた。

――とにかく大人しく過ごすべきだわ。学生らしく勉学に励みましょう。二度と悪行は為さないわ。ええ、決してしないわ！

若干《じゃっかん》緊張しながら馬車から降りたエリザベスは、入学式が行われる講堂を目指す。

学園は四百年以上の歴史を誇る、六年制の名門校である。もともとは男子のみが通う学校だったが、十年前に共学になった。ただし、女子生徒は第三学年で修了する淑女科と呼ばれるコースを選ぶこともできる。

そして貴族と言えども、一定の学力がなければ入学はできない。かつてのエリザベスは金を積んで裏口入学をした。しかし今回は実力で入学を果たしたのだ。

学園にはかつてのエリザベスの非道な行いの対象となった生徒が大勢いる。可能な限りそれらの生徒との接触は避けたい。もし以前と同じような禍々《まがまが》しい感情を相手に持ってしまったら、と考えると恐怖で足がすくむ。エリザベスは自分自身が怖いのだ。

エリザベスは細心の注意を払い、悪目立ちしないように規定の制服をそのまま着用し、髪の毛はシンプルなハーフアップにして通学することにした。

他の令嬢たちは、制服に手を入れ華美にしていた。刺繍やレースを施し華やかに制服を仕立て直すのが、学園に通う令嬢たちにとって普通のことなのである。

一方、エリザベスは、白のフリルのスタンドカラーのブラウスにボリュームのあるリボンタイ、ダークグレイのジャケットに同色の踝丈《くるぶし》のスカート、まさしく学園の指定する制服姿であった。

目立ってはならない。余計な問題を起こさないようにと配慮した結果、エリザベスはかえって注目されてしまうことになった。

「おい、あの令嬢誰だ？　すっげえ綺麗だな！」

「ギラギラした他の令嬢とは違うな。素材がいいと、着飾る必要がないってことか」

「うおお、近寄って匂いを嗅《か》ぎたい」

エリザベスは、登校一日目にして思春期の男子生徒を大いに刺激していた。

――なんだか、ジロジロと見られている気がするわ。はっ、もしかしてすでに要注意人物になっているのかしら。まだ何もしてないはずだけど、知らないうちに失態を犯したのかも。初日からこんなんじゃ、これからどうしたらいいの……。


エリザベスが青い顔をしていると、一人の生徒が話しかけてきた。

「顔色が悪いようだけど、大丈夫かい？」

巻毛の金髪を風に靡《なび》かせた美丈夫の上級生だ。

「大丈夫ですわ。見ず知らずの私をご心配くださり、ありがとうございます」

エリザベスは微笑んでそのまま急いで講堂へ向かったが、内心は焦《あせ》っていた。

話しかけてきたのはダービー伯爵家の次男ウィリアムで、来年留学を終えて帰国するアラン殿下の学友となる男だ。そして殿下の恋人カレンをエリザベスの策略から守る、エリザベスの天敵その二だった。

ちなみに天敵はその三まで存在した。すべてカレン絡みの天敵である。

エリザベスはこの天敵らに最終的に捕まり、放逐されるのだ。そして、放逐された後に拉致をしたのも報復者に引き渡したのも、この男たちだった。


——近づいてはならない。


エリザベスが非道な行為をしなければ問題はないはずだが、あの捕まった時の恐怖を思い出さずにはいられないのだ。自業自得と言えども、やはり怖いのだ。

そしてその恐怖を経ても、しばらくは自分の罪を認識できなかった化け物のような己自身が恐ろしかった。最初は、自分の置かれた悲惨な境遇に、激しく怒り、嘆いていた。

あの子持ちの娼婦が亡くなるまで、己の罪に気づかなかった。

汚い男たちに嬲《なぶ》りものにされたメアリや女生徒、薬品をかけられ顔に火傷を負わされた商人、やってもいない罪を着せられた使用人たち……。

たくさんの罪に一つ一つ向き合っていくうちに、その罪の重さに耐えられなくなった。罪を自覚してからは、生きていることが辛くて苦しかった。

そして、エリザベスは自分の死を願うようになった。

死だけが、彼女の生きる望みだった。

入学式では、エリザベスが新入生を代表して宣誓を行った。首席で入学したため新入生代表に選ばれたのだ。女子生徒が宣誓を行うのは、学園始まって以来のことだった。

エリザベスは、当初、宣誓の役目を固辞していたが、学問において男女平等を掲げる学園の方針に逆らうことはできなかった。

――目立ちたくないのに……。もういっそのこと、ガリ勉として孤立した方がいいのかもしれませんわ。そうよ、そう、孤立しちゃえばいいのよ。誰とも接したくないなら、孤立すればいいのよ！　よし、ガリ勉令嬢として学園生活を送りますわ！

エリザベスは、この時をもってガリ勉令嬢となることを決意した。常に本を持ち歩き読書することによって学友たちとの会話を避ける。なかなかいいアイデアだと、エリザベスは自画自賛した。

つつがなく入学式は終わり、定められた教室に入る。高い天井に大きなアーチ形の窓が並ぶ、広々とした空間。かつて愚かな自分が存在した場所に、今回の人生ではガリ勉令嬢となった自分が存在するよう努めよう。

第一学年には、六年制を選んだ者が入る教養科が四クラス、三年制の淑女科が一クラスあり、教養科は成績別にクラス分けされていた。エリザベスはもちろん、成績優秀者が集まるクラスだ。以前のエリザベスは裏口入学の末の淑女科であった。

第五学年になると、それぞれ専門科に分かれる。大学進学に向けてのクラス、領地経営に特化したクラス、官吏《かんり》試験に対応したクラスといった具合だ。その他、第五学年に進学せずに、士官学校に入る者もいる。

エリザベスは、教室の一番後ろの窓際の席に座った。

このクラスには女子生徒が少なく、エリザベスを含めて二名しかいない。かつてと異なるクラスに入ったため、エリザベスが害した女子生徒がいないことにほっとした。被害者は淑女科に集中していた。淑女科は校舎が異なり、教養科の学生との交流はあまりない。

エリザベスは早速ガリ勉令嬢になるべく本を取り出したが、生憎《あいにく》今日は授業がないため教科書がない。仕方なく、『続・釣り名人日誌』を手に取った。『釣り名人日誌』は、沢の見極め方、渓流釣りの楽しさをエリザベスに知らしめた本であるが、この続編は海釣り、沖釣りや磯釣りの魅力をこれでもかと前面に押し出していた。

エリザベスはまだ海に行ったことがない。

海への憧《あこが》れで胸が高鳴る。

できたらゴツゴツした岩場がいい。

うっとりとして頬を紅潮させながら、本を読み進めた。

これではガリ勉令嬢ではなく、ただの釣りバカ令嬢である。

窓から差し込む光に反射する白銀の髪の毛、長い睫毛に縁取られた宝石のように輝く瞳の先には、白く細い指で支えられた本、そして儚《はかな》げに微笑むエリザベス。

クラスメイトたちは不躾《ぶしつけ》だと分かっていても、その美少女から目を離すことができなかった。

「女神だ……。しかもさっきすれ違った時、すごくいい匂いがした。もう一度嗅ぎたい」

「あんなにお美しいのに誰よりも勉強もできるのよね。お友達になりたい！　でも畏《おそ》れ多くて話しかけられないわ……」

「なんの本だろう、詩集か？　多分、詩集だよな。俺はあの詩集になりたい！」

エリザベスがいるこのクラスに入れてよかったと、クラス全員の気持ちが一つになった。

ちなみに『続・釣り名人日誌』は、優秀な侍女メアリによって薔薇の刺繍が施された革製のブックカバーで覆われていたので、エリザベスが釣りバカ令嬢であることは、誰も知り得なかった。

◇◇◇

入学して一週間が経った。

エリザベスはガリ勉令嬢として順調に孤立していると自負していた。クラスメイトたちとは挨拶はするが、誰もそれ以上踏み込んでこない。遠巻きに見られることはあれども、会話は交わさない。

ガリ勉令嬢作戦は大成功だと、一人ほくそ笑んだ。

昼食も校舎から少し離れたうらぶれた四阿《あずまや》で一人で取っている。幸いにもこの一週間は天気がよかったが、雨が降った場合を考えて学舎内で一人になれる場所を見つけなければならない。しかし、そんな都合のいい場所はそうそう見つからない。

今日も今日とて、昼食後にそんなオアシスを求め一人でうろうろと広い校舎を彷徨《さまよ》っていた。

中庭に面した廊下を歩いていたその時である。

「レディ・エリザベス、何か困り事でもあるのかい？」

「……！」

「ごめん、急に声をかけて。驚かせてしまったかな」

「ウィリアム、レディ・エリザベスと知り合いなのか？」

「ああ、入学式の時にちょっとね」

――天敵その一のラトランド公爵家三男ベンジャミンと、天敵その二のダービー伯爵家次男ウィリアム！　そもそもなんで私のことを知っているの？　……私が新入生代表だったからですわ！　それに入学式の時だって、天敵その二のウィリアムとは一言だけしか言葉を交わしてないのに、そんな含みを持たせた言い方しないでくださいませ！

エリザベスは混乱して、言葉を発せられないまま立ち尽くした。

——私はまだ何もしてませんわ！　カレンが編入するのは二年後だし、アラン殿下も帰国していないのに、一体、何が目的なの？

エリザベスはゆっくりと二人を見上げた。

ベンジャミンは少し長めの茶色の髪の毛を横に流した、線の細い中性的な美しい容貌をしている。この男は頭がよく、かつてのエリザベスのカレン殺害計画を二度も事前に見破り、見事に潰したインテリ眼鏡だ。

そしてもう一人の天敵であるウィリアムは、巻毛の金髪に逞しい体軀《たいく》を持つ美丈夫で、カレン殺害計画を力業《ちからわざ》で防いだ武闘派である。

二人ともあの頃とは異なり、まだ幼さの残る十五歳の少年だ。

それでもエリザベスにとっては恐怖の二人に違いなかった。残虐な拷問方法を報復者に提示して、エリザベスに罪を知らしめた天敵三人のうちの二人だ。

エリザベスは当時を思い出して、青ざめはじめた。

「……少し迷ってしまっただけですので、大丈夫です」

天敵二人に会って、まったくもって大丈夫じゃないわ！　と心の中で毒づき、泣きそうになりながらエリザベスは答えた。

そして踵《きびす》を返してその場から離れようとした時、ウィリアムに腕を掴まれた。

「……！　何をなさいますの？」

「いや、泣きそうになっているレディを放っておけないよ」

腕を掴まれた感触から、エリザベスはウィリアムに縛り上げられたことをまざまざと思い出し、とうとう涙が零《こぼ》れ落ちた。

――縛り上げられた私は、報復者たちに渡されるのよ。そして……。

思い出したくもない記憶だが、贖罪のためには忘れてはならない。

分かってはいるが、それでもあの地獄のような苦しみは耐えがたかった。

「ウィリアム、レディ・エリザベスが泣いてるじゃないか！　手を離せ。申し訳ない、彼に悪気はないんだが、少々考えが足りないところがあって」

「大丈夫ですから、手を離してください。どうぞ私の存在なぞ、気にしないでくださいませ」

「いや、でも……。ウィリアム、お前も謝れ！」

「あ、ああ。ごめん、レディ・エリザベス」

「謝罪は結構ですので、どうかどうか気になさらないでください」

エリザベスは今度こそ、その場を立ち去った。涙を流しながら、いつもの四阿《あずまや》まで戻った。

恐怖で身体は震え、涙は止まらない。


——縛り上げられた後、私は何人もの男に嬲《なぶ》りものにされた。髪を毟《むし》られ、殴られ、蹴られながら。その後、右目をくり抜かれ、焼き鏝《ごて》を顔や身体に当てられた。死なないように最低限の処置だけされて……。

エリザベスは新しい人生において、初めて死にたくなった。

泣きすぎて瞼《まぶた》が腫《は》れてしまい、教室に戻ることも躊躇《ためら》われた。かといって、ガリ勉令嬢としては授業をサボるわけにはいかない。

——そう、私はガリ勉令嬢。孤独なガリ勉令嬢なのよ！　誰も私の顔なんて気にしないわ。やだわ。なんて自意識過剰なのかしら。ちゃんと弁《わきま》えなきゃね。

エリザベスは、すっくと立ち上がり教室に戻った。

教室に入るや否や、エリザベスの明らかに泣いた後であろう姿にクラスメイトたちは騒《ざわ》めく。

何があったのだろうかと、あちらこちらで小声で話している。

その時、勇気を出して手を差し伸べたのは一人の令嬢だった。

「エリザベス様、どうなさいましたの？　あ、あの、泣くようなことがあったのでしょうか？」

クラスメイトの伯爵令嬢アリシアがおずおずと話しかけた。挨拶以外したことのないエリザベスは驚き戸惑う。しかし、声をかけられて無視をするといった失礼なことはしたくない。

「ご心配くださりありがとうございます。ふふ、ちょっと怖い本を読んでしまって泣いてしまいましたの……。お恥ずかしいですわ」

「まあ、どんな本ですの？」

ぐいぐいと来る質問に戸惑いつつも、エリザベスは答えた。

「そんな大層な本ではありませんの。恥ずかしいので内緒ですわ」

力なく微笑んで、アリシアを見つめた。

憧れのエリザベスに見つめられたアリシアは、顔を赤くしながら、スカートを強く握りしめて声をあげた。

「エ、エリザベス様、いつもお昼はどちらでお召し上がりなのでしょうか？」

「え？　突然どうなさったの？」

「い、いえ、いつもお昼の時間になりますと、どちらかに向かわれているようなので。どなたかとお約束なさっているのですか？」

「いいえ、いつも一人でしてよ。四阿《あずまや》でお昼をいただいていますの。邸の料理人がランチを作ってくれますので」

「まあ、お一人で？　てっきりチャールズ様とお食事をとっているのかと思っておりましたわ」

チャールズはその美貌で、すでに学園の有名人になっていた。どうにか知り合いになりたい女子学生も多いようだ。エリザベスはアリシアもチャールズに近づきたいがために突然声をかけてきたのだと腹落ちする。

「お兄様は、お兄様のお友達と食事をとっておりますの。婚約者のマデリーン様が淑女科でなくこちらの科にいたら、きっとマデリーン様とご一緒したことでしょう。妹といえども邪魔はしたくありませんわ。邸では、いつも一緒に食事をとっていますし。お兄様も学園では学園のお付き合いがありますでしょう？　ですからお兄様とは学園内では敢《あ》えて会わないようにしていますの」

孤独なガリ勉令嬢には学園の付き合いなど一切ありませんけど、とエリザベスは心の中で呟《つぶや》いた。そしてチャールズにはマデリーンという婚約者がいるのでアリシアをチャールズに紹介することはできないと暗に示した。

しかし、アリシアの口から出た次の言葉は、エリザベスの予想外のものだった。

「で、でしたら、今度、お昼をご一緒させていただけませんか？」

「え？」

「エリザベス様はお一人でいることがお好きなのでしょうが、これから六年間共に学ぶ者としてお話をしたいんです……。ええっと、ごめんなさい。私なんかとお食事嫌ですよね？」

アリシアは涙目になっていた。そしてエリザベスはこの唐突な誘いにどう応《こた》えるべきか逡巡する。


——アリシア様はガリ勉で孤立している私を助けようとしてるのね。なんてお優しい方なんでしょう。それに比べて、私はアリシア様がお兄様目的で私に話しかけてきたと思っていたわ。なんて薄汚れた考えをしていたのかしら。ここで断れば、アリシア様の善意が無駄になるわ。


「まあ、ありがとうございます。是非《ぜひ》ともご一緒させてくださいませ！」

エリザベスはにっこりと微笑みながら答えた。その返答にアリシアは驚いて声が出ない。

「アリシア様はどちらでお食事をとっていますの？」

「……」

「アリシア様？」

「あ、申し訳ありません。まさか了承してくださるとは思っていなかったので」

――孤独なガリ勉令嬢として行動していたつもりだったけど、もしかしてとんでもなく根性悪に見えていたのかしら？　侯爵令嬢と爵位が高い上にクラスメイトと馴染《なじ》むつもりもないとなれば、高慢な令嬢と思われても仕方ないわ。ああ、私の浅はかさが招いた結果だわ！　嫌味な高飛車令嬢でも泣いていたら手を差し伸べようとするアリシア様は尊い。

「まあ、今までの私の態度が悪かったのですね……。ごめんなさい。これからはできるだけ皆さんとお話しするよう努めますわ」

「そんな！　無理はなさらないでください。でもお食事を一緒にできるなんて、本当に嬉しいです！」

「アリシア様、そう言ってくださって私もとても嬉しいですわ。明日のお昼が楽しみです」

「明日もランチをお持ちになりますの？」

「アリシア様は食堂で召し上がっているのかしら？」

「ええ、ここのクラスメイトの人たちと」

「まあ、そうですの」

「あ、でも明日からはエリザベス様と二人きりでお昼をいただきたいです！　あの方たちにはお断りを入れますから。なんとなく入学後の流れで一緒にご飯を食べていただけですし」

――孤立ガリ勉令嬢の私との昼食が嬉しいと、あんな素敵な笑顔で言ってくれるなんて。アリシア様は孤立ガリ勉令嬢として行動していた私を人が苦手だと思ってらっしゃるのね。だからクラスメイトとのお食事を断ってまで、私と二人で食事をしてくださる。本当にお優しい。ああ……。アリシア様は、私が見習うべき貴族令嬢たる方ですわ。非道な行いをしないだけでは、贖罪にはならないんだわ。そう、善行を為すガリ勉令嬢こそが、私が目指すべきところなのよ！

エリザベスは一人で納得していた。

そもそも普通に生きている人たちは、非道な行為をしない。

エリザベスは、非道な行為をしないことで、すでに善を為している気になっていたことにようやく気づいた。己の倫理観の低さに少し落ち込むエリザベスである。

「ふふ、では私も明日は食堂を利用しますわ。まだ行ったことないから楽しみです」

「エリザベス様、私もすごくすごく楽しみです」

そんな二人のやり取りを羨《うらや》ましそうに見ているクラスメイトに対してアリシアは射《い》るような視線で彼らを牽制《けんせい》した。もちろんエリザベスに気づかれぬように。

エリザベスはチャールズにアリシアとのことを帰りの馬車の中で話した。にこにことして語るエリザベスを見てチャールズは内心ほっとした。入学してから今までエリザベスの口からクラスメイトの名前すら出てこなかったのだ。ようやく友達と呼べる存在ができたらしい。

エリザベスはチャールズとの馬車での登下校の時間が好きだった。読書家のチャールズの話は面白いのだ。邸ではそれぞれ忙しくてゆっくり話すこともできないので、互いにゆっくり話せる貴重な時間でもある。

「それにしても、ベスに友達ができてよかったよ。ほらベスは変わり者だから周りから浮いてるでしょ？」

「変わり者？　何をおっしゃってるの、お兄様。意味が分かりませんわ」

「ええ？　ベス、それ本気で言ってるの？」

「本気も何も、私はいたってまじめな令嬢ですよ。自分で言うのもおこがましいですが。ふふふ」

「えぇ……。ベスは自分のことを正しく認識していないと思う」

「お兄様こそ、お友達とは仲良くなさってるの？」

「ああ、もちろん。そうだ、ベンジャミンは知っている？　彼とは同じクラスなんだが」

エリザベスはベンジャミンという名前を聞いて顔色を変えた。

「その顔は知ってるんだね。彼とウィリアムがベスに謝罪をしたいと言っているんだけど、何かあったのかい？」

チャールズと件《くだん》の二人は同じ学年であり、更にベンジャミンとは同じクラスでもある。エリザベスはそのことをすっかり失念していた。何故ならば、かつてのチャールズはすでに亡くなっていて学園に存在しなかったからだ。

エリザベスは極力感情を抑えてチャールズに応えた。

「学舎内で迷っていたところ、お二人に声をかけられて驚いてしまったの。それだけなの。大したことではないので、気になさらないでとお伝えください」

「でも、彼らすごく気にしているんだよね。うちの邸に足を運んでちゃんと謝罪したいんだって。ねえ、ベス、何があったのか私に教えてほしい」

エリザベスはチャールズから目を逸《そ》らして俯《うつむ》いた。彼らがかつての天敵だったとは言えるはずもない。

「本当に、本当に、大丈夫ですから！　私、なんとなくですが、あの方たちが苦手ですの。ですから、もう二度とお会いしたくないというか……」

「ベス、彼らに何か酷いことされたんじゃないのかい？　正直に話して」

チャールズが真剣な顔をした。エリザベスは追求を煙に巻く言い訳を考えた。

「本当に何もないの。お腹が痛くてお手洗いに行きたいところに話しかけられたから、困っていましたの。これ以上、私に恥ずかしい思いをさせないでください！」

――お兄様に嘘をついてしまったわ。確かに下剤のような役に立つ存在になりたいとは思ったけど、実際に自分の腹をくだしたいわけではないのに。でもこれで納得してくれるでしょう。

「ははは！　そりゃ、困るね。分かったよ、謝罪は不要だと答えておく。大丈夫、理由は言わないから」

「よろしくお願いしますね、お兄様」

それから、二人はスカラベの生態の話で盛り上がった。

◇◇◇

社交界シーズンが始まり、チャールズは次期侯爵家当主として何かと忙しくなった。自分には関係ないと思っていたエリザベスにもお茶会の誘いがあちらこちらからあり、その取捨選択に手間取ることになる。エリザベスの噂が想像以上に貴族社会に広まっているのだ。デビュー前で夜会に出席できないため、一度エリザベスに会ってみたいと興味津々の夫人や令嬢からのお茶会の誘いが多い。

「本日はお招きいただきありがとうございます。お茶会の件は、本来ならばお母様に相談すべきなんでしょうけれども……。マデリーン様にご迷惑をお掛けすることになってしまい申し訳ございません」

チャールズの婚約者のマデリーンに招かれて、エリザベスはキャンベル公爵家のサロンにいる。二人はテーブルを挟んで向かい合って座っていた。テーブルの上にはエリザベス宛のお茶会の招待状が積み重なっている。

お茶会の招待状への返事に困っていたエリザベスを手助けしてほしいとチャールズがマデリーンに頼んだのだ。将来ヴィリアーズ侯爵夫人となる十七歳のマデリーンは、すでに現在の侯爵家の政治的立場、利害関係者などをほぼ把握していた。若き賢婦人である。

彼女はエリザベスが出席すべきお茶会をあっという間に選定した。

「マデリーン様、すごいですわ！　お恥ずかしいですが、こういうことに私はすごく疎《うと》くて」

「お気になさらないで。私の義妹になるんですもの。頼られるのは嬉しいわ」

「マデリーン様はお忙しいのに、兄が無理を言ったようでごめんなさい」

「いやだわ、チャールズ様は私に無理なお願いはしなくてよ。いつもお優しいわ。私には勿体無い方だと思っているの」

「そんなことおっしゃらないでください。兄が悲しみますわ。マデリーン様に夢中ですもの。羨ましいくらいにお似合いの二人だと思っています」

「まあ……！　チャールズ様が私に夢中だなんて」

「本当ですわ。いつもマデリーン様のことばかり話しますもの。私に、淑女の鑑《かがみ》であるマデリーン様をお手本に令嬢らしくしなさいなんて言いますのよ」

マデリーンは顔を赤くした。麗《うるわ》しの兄妹が自分を誉めそやしている事実に喜悦《きえつ》した。そんなことを言われたら、エリザベスのことも今まで以上に愛おしくなるというものだ。

「マデリーン様、どうかなさいましたか？」

人形のように美しいエリザベスがマデリーンを真っ直ぐ見つめる。

「私、とんでもなく幸せ者だわ！　チャールズ様と結婚できるだけでなく、こんな可愛い義妹までできるなんて！」

マデリーンはエリザベスの手を握りしめた。

「これからは、私のことをお姉様と呼んでくださらない？」

マデリーンの丸い顔が期待に満ち満ちて、目がギラギラしている。

「マデリーンお姉様？」

首を傾げてエリザベスは応えた。マデリーンにはヘンリーという弟がおり、実際に姉の立場なのにお姉様呼びをここまで期待されるのは不思議だ。

「きゃー！　嬉し恥ずかし！」

マデリーンは悶《もだ》えはじめた。

お姉様と呼んだだけで、喜んでもらえるならこれから何度でも言おう。

これも善行になるだろうと、エリザベスはまじめに考えた。

そろそろ帰ろうとサロンを出た時、ヘンリーと出くわした。マデリーンと同じように全体的に丸くて、優しい雰囲気を醸《かも》し出している。


——私が強烈な催淫剤を飲ませたヘンリー様。そしてキャサリンを襲ったことで評判を地に落とした。私のしたことは決して許されることではないけれど、私と結婚するよりずっとマシな結果となったと思うのよね。あの私と結婚したら、毒殺の危機に日々晒されるのよ。

……あら、私ってヘンリー様に対してはあまり反省してませんわね。いけないわ。


「エリザベス様、こちらは弟のヘンリーよ」

マデリーンがヘンリーを紹介する。

「初めまして。ヴィリアーズ侯爵家が長女、エリザベスでございます。マデリーンお姉様には兄ともども、よくしていただいております」

エリザベスは美しく淑女の礼を取り、挨拶をした。

ヘンリーはエリザベスに見惚れていた。噂には聞いていたが、これほどの美少女とは思いもしなかったのだ。

「こちらこそ、よろしくお願いします。ああ、そうだ、我が家が誇る庭で、ちょうど秋薔薇が咲きはじめているんです。是非ゆっくり見ていただきたい。そうだ！　近いうちに庭園でお茶会しませんか！　善は急げと言います。早速、日程を決めましょう」

ヘンリーは早口でまくし立てた。マデリーンはそんなヘンリーを心底軽蔑した目で見ながら、エリザベスに話しかけた。

「弟も言ってるけれど、うちの庭の薔薇は本当に素晴らしいのよ。品種改良を重ねた、とびきり美しい薔薇がちょうど見頃なの。私がお茶会を催《もよお》すから、チャールズ様と一緒に来てくださると嬉しいわ」

「それではお兄様と相談して都合のいい日を後ほどお伝えしますわ。でもマデリーンお姉様とお兄様の二人きりの方がお兄様は喜ぶと思うのですが……。私、お邪魔虫ではございませんか？」

「やだ〜！　もう、そんなことないわよ！　本当に可愛いわ〜！　私はエリザベス様も大好きよ！　ヘンリーは本当に邪魔だけど」

「姉上、勝手なこと言わないでください。お茶会に誘ったのは僕ですよ。姉上こそ邪魔です」

二人が言い合いを始めたところで、エリザベスはさりげなく挨拶をしてキャンベル邸を後にした。

何はともあれ、チャールズとエリザベスはマデリーンがホステスのお茶会に行くことになった。キャンベル邸でのお茶会は、王都で最も美しいとされる公爵家の薔薇園で催された。薔薇のアーチをくぐった先に、咲き誇る薔薇を四方に囲む形でテーブルが用意されていた。秋空に薔薇が映《は》える中でのお茶会だ。マデリーンが言うには、ヘンリーは遅れて来るとのことだ。そのためマデリーンは一人でチャールズとエリザベスを出迎えた。

お茶会の席に着くまで、マデリーンがそれぞれの薔薇の説明をする。どの薔薇も珍しいものらしい。その中でも最も絢爛《けんらん》華麗な薔薇を指して、困ったような顔をしてマデリーンは言った。

「この薔薇、レディ・マデリーンと言うのよ」

「まあ、素敵ですわ。マデリーンお姉様の名前を冠したのですか？」

「逆よ逆。この薔薇の名前を私の名前にしたの。大の薔薇好きだった祖父がね。私とはまったく違う美しい薔薇よね。名前負けもいいところだわ」

「マデリーン、君は美しいよ！　このレディ・マデリーンも霞《かす》むほどに。なんて謙虚なんだろう私の婚約者殿は」

「もう、チャールズ様ったら……」

チャールズがマデリーンに真剣な顔をして力説し、マデリーンは顔を赤らめる。

エリザベスは二人を邪魔しないように一人で薔薇を鑑賞した。薔薇は華やかすぎて、エリザベスは少々苦手だった。

——かつての私は、婚約者だったヘンリー様に稀少な薔薇を強請《ねだ》ったくらいに好きだったのに、不思議な気がするわ。育った環境で嗜好《しこう》も変わるということかしら。

今はクサノオウの黄色の花やジギタリスの花のような可愛らしい花が好きだわ。しかも毒として利用されがちだけど、薬にもなるのよ！　特にクサノオウは上手く使えば下剤にもなるの。そうだわ！

私は、クサノオウになる！


エリザベスは一人で盛り上がっていた。


一通り薔薇を見終わる頃にヘンリーが現れて、四人はテーブルに着いた。その姿を確認した給仕たちがお茶の用意をしはじめる。テーブルの上のティースタンドには公爵家の料理人が腕によりをかけたであろう菓子や軽食が用意されていた。

ホステスのマデリーンはエリザベスの隣に座りチャールズとは向かい合う形で着座する。ちなみに遅れてきたヘンリーはエリザベスから一番遠い斜向かいに座らされていた。

「姉上、私に教えてくれた時間がチャールズ殿たちと違うようですが」

「あら、私としたことが。ごめんなさいね、ヘンリー」

「姉上。わざとでしょう」

「あら酷い。そんなことあるはずないでしょう？」

「油断せずに早めに帰宅してよかったです」

睨《にら》み合う二人だが、喧嘩《けんか》するほど仲がいいのだとチャールズとエリザベスは微笑ましくその様子を見ていた。

給仕の淹《い》れた紅茶は素晴らしいものだった。非常に手に入りにくい茶葉を用意してくれたのだ。マデリーンの歓迎ぶりが窺《うかが》える。

「今日のお茶もすごく美味しいね。いつもありがとうマデリーン」

「うふふ、どういたしまして。そうだわ、チャールズ様、学園生活はいかがですか？」

「楽しいですよ。授業は簡単すぎてつまらないですが。友人もできましたしね。マデリーンが淑女科だったのは本当に残念です。できたら一緒に学園生活を送りたかった」

「卒業して2年経ちますが、本当は淑女科に行きたくありませんでしたの。でも、母がどうしても許してくれなくて。ほら、私この容姿でしょ、学歴があると更に良縁が遠のくって心配して」

「何を言ってるのですか？　マデリーンは可愛いです！　すごく可愛いです！　謙虚さは美徳ではありますが、マデリーンが言うと嫌味になりますよ」

「もう、チャールズ様ったら……」

「一緒に通いたかったけれど、あなたが男子生徒の多いこちらの科に来ていたら、他の男に取られたかもしれない。心配が増えるところでした」

「まあ」

頬を染めて見つめ合う二人を見て、エリザベスは幸せな気持ちでいっぱいになった。

チャールズは生きている。幸せに生きている。

顔色を悪くし、ひゅーひゅーと息をしながら毒薬入りの薬を飲んで、笑顔でエリザベスに感謝したチャールズは存在しないのだ。

エリザベスは嬉しくて思わず涙ぐんでしまった。

「ベス、どうしたんだい？」

「お兄様が幸せで、私、嬉しくて。すごく嬉しくて。マデリーンお姉様と婚約できてよかった。お姉様、どうぞお兄様のことよろしくお願いしますね」

「もちろんですわ！　ああ、なんて可愛らしいことをおっしゃるの」

三人は感動の中にいた。

唯一冷静だったヘンリーは、姉とその婚約者のやり取りに、若干気持ち悪くなっていた。

「姉上はデブでブスなのに、チャールズ殿は本当にあれでいいのだろうか。チャールズ殿はかなりの美男子だぞ。選《よ》り取り見取《みど》りじゃないか。なんでデブでブスと相思相愛になってるんだ」

ヘンリーは柔和《にゅうわ》そうに見えて、毒舌家だった。そして面食いでもあった。

一人蚊帳《かや》の外にいたヘンリーに気づいたチャールズが話しかけた。

「ヘンリー殿は、大学進学なさるんですよね。何を専攻する予定ですか？」

「うーん、まだ迷ってるところです。経済学に興味あるから、そっち方面に行こうかとは思ってるんですが」

第五学年に在籍しているヘンリーは次男ということもあってチャールズに比べ自由だ。未だ婚約者もいない。これはヘンリーが面食いであることも大いに関係している。何度か婚約の話が持ち上がったが、何かと理由を付けて断っていた。

「大学はどちらをお考えですか？」

「ウィンストン王立大学ですよ」

ウィンストン王立大学は五百年以上の歴史のある名門大学である。近隣諸国からの優秀な留学生も多い。

「まあ、優秀なんですね！　私も大学まで進学したいですわ……。女性の入学を許可する大学も徐々にですが増えてきましたし」

エリザベスは尊敬の眼差《まなざ》しでヘンリーを見つめた。

その瞬間、ヘンリーは恋に落ちた。

お茶会はつつがなく終わった。名残惜《なごり》しそうなチャールズとマデリーンを幸せそうに眺めるエリザベスを、更に見つめるヘンリー。公爵家の執事がさりげなくマデリーンを何度か促して、ようやくお開きとなった。


帰りの馬車の中で、チャールズと大学の話になった。

「ベスは大学に行きたいの？」

「ええ、専門的な勉強をしたいんです。できたら、薬学を」

「父上は進学を許さないだろうね」

「もちろんそうでしょうね。でも、夢なんです」

「医学・薬学においてウィンストン王立大学は最古の大学であり、かつ最高峰だ。ウィンストン王立大学に優秀な成績で入れれば、もしかしたら父上も諾《き》くかもしれないな」

「そうでしょうか……」


――ウィンストン王立大学といえば、天敵その一とその三の進学先だったわね。

ついでにアラン殿下も。

天敵たちって大学生のくせに、まだ学園の生徒だったカレンに付きまとっていたわね。

学生の本分は勉学でしょ！

……大体、私は天敵たちに何かをしたことはない。しようとしていたのは、カレンに対してだけよ。

――そもそも、私は天敵たちに対する罪はないはず。しかも、結局私はカレンには傷一つつけることができなかったわけだし。

天敵たちは義憤《ぎふん》に駆られた、青くさい子どもじゃないの。

エリザベスは天敵たちに対して、憤りを感じはじめた。

――私に私刑を促していいのは、私が非道な行いをした相手とその家族や恋人たちだけよ。天敵たちは、関係ないじゃないの！

その考えに至った瞬間、エリザベスは自分が恐ろしくなった。

自分の罪を棚に上げて、天敵たちを責めている自分が恐ろしくなったのだ。

――私は罰せられる立場の人間だった。

極刑でも足りない、そんな人間だったのだ。

私を報復者たちに引き渡す役目を負うのは、誰でもよかったのだ。

それがたまたま天敵たちだったというだけで。


エリザベスは、かつての自分の罪を思い出す。


——私に天敵たちを非難することはできない。

むしろ引導を渡してくれたことに感謝すべきなのかもしれない。


かつてのエリザベスが持っていた天敵たちへの敵愾心《てきがいしん》を今のエリザベスも同じく持ってしまったという事実は、彼女を酷く打ちのめした。

チャールズが顔面蒼白のエリザベスに気づいた。

「ベス？　疲れちゃったかな。顔色がよくない。もうすぐ着くから、今日はゆっくり休むといいよ」

チャールズの優しさが、エリザベスの心を更に苛む。

——私は誰かに優しくされていい人間ではない。

何が贖罪だ！

エリザベスはチャールズの問いに頷《うなず》くと、馬車から降りるまで俯いたままだった。

その日の夜、エリザベスは、以前の自分の罪を一つ一つ書き出した。何度も途中で、書くのを躊躇《ためら》う。

辛く苦しい作業だ。

それでも書き続けた。

すべてを書き終えた頃には、朝日が部屋に差し込んでいた。

窓を開けて、朝焼け空をじっと見つめる。

新しい朝だ。

私は本当に生まれ変わらないといけない。

エリザベスは、更なる善行を為す、ガリ勉令嬢となった。

◇◇◇

エリザベスは貴族令嬢でありながら最底辺の娼婦の記憶を持っている。

それゆえに貴族や平民、そして平民にすら侮蔑《ぶべつ》される人々が同じ人間であることを本当の意味で知っている。

そんなエリザベスは、かつての自分が暮らしていた王都の最貧困地区に住む病人や子どものためにできることを日々考えるようになった。

もちろん学生の身であるため、実際に手を差し伸べる時間はあまりない。それにエリザベス一人ではできることはたかが知れている。飢えている人は多く、炊《た》き出しをすれば感謝されるだろうが、継続可能でないことはすべきではない。

最貧困地区の抜本的《ばっぽんてき》な改善は行政の役目だ。

しかし、恐らく今後も手をつけられることはないだろう。

不要になったゴミが掃き溜めに集められるように、普通に生きていくことができなくなった人たちが一ヶ所にまとまってくれることで、王都は美しく保たれる。

そういう役目を、あの地区は担《にな》っているのだ。

不衛生なため、病気が蔓延《まんえん》しやすい。清潔な水が不足していることと、下水道がないことに起因するのだろう。

下水道はここ数十年で王都に普及していった。まずは王都中心部から少しずつその範囲を広げた。下水道がなかった頃には王都中心部でも伝染病が流行《はや》ることがあったが、現在では激減している。

王都には源流の異なる二本の川が流れている。王都で上下水道が整っているところでは、北に位置する川から上水を汲《く》み、そして南に位置する川に下水を流している。

最貧困地区の人々は、下水で汚染された南の川の水を生活用水として利用していた。

清潔な上水の利用と、下水の問題つまりは糞尿問題に対して何かできることはないだろうか。

その問題の解決の糸口を探るため、エリザベスは足繁《あししげ》く王立図書館に通うようになった。


「エリザベス様は、お休みの日は何をなさってるんですか？」

昼食を共にするようになったアリシアがエリザベスに尋ねる。ちなみに昼食は一番小さな第三食堂でとるようになった。天敵たちは第一食堂を利用している。天敵たちと遭遇《そうぐう》すると動揺してしまうため、チャールズに彼らの情報を提供してもらっているのだ。

善行を為すガリ勉令嬢になったエリザベスは、アリシアに正直に話す。

「王立図書館に行ってますの。本の虫で令嬢らしくありませんわよね」

「まあ、そんなことはありませんわ！　私も刺繍やピアノよりも本の方が好きですもの」

「今の時代に生まれてよかったですよね、アリシア様。私たち女の子でも、学問を学べるようになったんですもの」

「ええ、本当に。昔のままだったらと思うと、ぞっとしますわ」

二人は笑い合い、意気投合した。

「アリシア様、もしよろしければ私のことはベスとお呼びください。親しい者はそう呼んでますの」

「お、畏れ多いです、でも嬉しいです！　では私のことはアリーと」

エリザベスに生まれて初めて友人ができた。

それからというもの、エリザベスは食事時以外でもアリシアと行動を共にすることが多くなった。

意外かもしれないが、かつてのエリザベスは大抵単独行動をしていた。悪逆令嬢としては取り巻きを従えていそうなものなのだが、本格的な悪事を働くには一人で行動した方が効率がいいのだ。普通の令嬢なんぞいても足手まといだ。

ターゲットの情報を徹底的に収集し、計画を念入りに立てることが学園生活での唯一の楽しみだった。特にターゲットの行動パターンを知ることは重要なことであった。それゆえに、一人で密かに行動をしていた。その際に注意すべきことは目立たないことである。幸いにも小太りで肌も荒れていたかつてのエリザベスは、容姿の点においては注目されることはなかった。

また、エリザベス自身も凡庸《ぼんよう》な令嬢として周囲に紛れ込む努力をしていた。勉強のできない冴えない令嬢として。実際、成績は悪かったが。計画遂行のためには努力を惜しまなかった。

暴行にはその筋の者を利用していたが、毒薬を仕込むのはエリザベス本人である。毒薬を仕込むのも、その毒薬が効いている様子を見るのも、非常に楽しく昂《たか》ぶりを覚えた。誰一人としてエリザベスの仕業《しわざ》だと思わないのだ。もし邸の使用人たちがその現場にいればエリザベスを疑ったに違いない。本性を知るのは邸の者たちだけだった。そのためエリザベスは邸で自らお茶会を開くことは一度もなかった。学園内のサロンで小さなお茶会を開くことはあったが、その際には毒薬は仕込まない。つまらないと思いつつも、侯爵令嬢として最低限の社交はしておくべきだと我慢していた。これも目立たないためである。

暴行や毒薬絡みで付き合うことになる裏社会の人間たちとエリザベスが知り合ったのは、九歳の頃である。

端緒《たんしょ》となったのは、侯爵家お抱えの商会が紅茶の茶葉の産地を偽《いつわ》って納入したことである。紅茶の味は申し分なかったが、偽装は偽装だ。その事実が明るみに出れば、商会は立ち行かなくなるだろう。

エリザベスだけが風味がほんの少し異なることに気づいた。普通の子どもであれば、家族や使用人に伝えて終わりだろうが、エリザベスは違った。

この事実をもって、商会の紅茶の輸入担当者を脅したのだ。商会自体を脅すと問題が大きくなってエリザベスに旨味がなくなる。エリザベスはこの担当者によって裏社会との繋がりを得たのだ。彼はエリザベスのために伝手《つて》を頼って裏社会の人間と関わりを持つようになる。

その後エリザベスは担当者の身辺調査をし、彼の妻が病気であることを知った。脅すだけでは信頼は得られない。エリザベスは彼の妻のために金を用意した。エリザベスは侯爵令嬢ということもあって貴重な宝飾類を多く持っていた。両親はエリザベスにまったく関心がないため宝石がなくなっても気がつかない。それを資金源として本格的な活動をしはじめた。

まずは以前から興味のあった毒薬について、麻薬取引で指名手配されている元薬学博士の指導を受けた。この男は表に出ることはない、一生身を潜めて生きていく。そういう安心感もあり様々なことを学んだ。エリザベスはもともとかなり優れた頭脳の持ち主である。歴史や文学は興味がないという理由でまったく学ばなかったために勉強が苦手な令嬢として周囲には見られていたが、薬学の勉強においてはその能力を遺憾なく発揮した。またそれに付随する数学や化学に関しても学んだ。毒薬を精製《せいせい》するのは骨が折れるが、その成果が目の前で見られるのはエリザベスの喜びであった。

暴行に関しては、その筋の者が上手く手配してくれた。町で見知らぬごろつきに声をかけて、僅かな金で人を襲わせる。ごろつきが官警に捕まっても、依頼した男の身元すら分からないのだからエリザベスまで追及の手が伸びることはなかった。

こうして、エリザベスは悪逆非道の限りを尽くしたのだった。

◇◇◇

エリザベスが、善行を為すガリ勉令嬢になって、二年が経過した。エリザベスは、学園ではアリシア以外とは深い付き合いをすることなく過ごしていた。エリザベスもアリシアも異性にも社交界にも興味がない。話すことと言えば、本や勉強、お菓子のことだけである。それでも話は尽きなかった。アリシアは聡明な令嬢で、エリザベスと話が合うのだ。アリシアのおかげで共感し合う喜びをエリザベスは知った。ちなみに一度釣りの話をしたが、食いつきが悪かったのでそれ以降、釣りの話はしていない。

この頃にはすでに親友となっていたアリシアに、彼女の二歳年上の従姉妹が催すというお茶会にエリザベスは誘われた。エリザベスが好きな作家の希少な初版本がその従姉妹の邸にあるというのだ。復刻版はすでに読んでいたが、初版本の作者のあとがきが復刻版にはない。そのため、そのあとがき目当てで初版本を捜していたのだ。アリシアはそれを先日見つけ、折よくお茶会の誘いもあったので従姉妹にエリザベスも呼んでいいかと尋ねたらしい。彼女は噂の令嬢と会えるということで、一も二もなく承諾した。

エリザベスはアリシアと共にお茶会に出席した。もちろん目当ては希少本である。

「本日はお招きいただきありがとうございます。ヴィリアーズ侯爵家が長女、エリザベスでございます」

エリザベスは優雅に挨拶をした。お茶会ということで、メアリが腕によりをかけて白銀の髪の毛を編み込み、瞳の色と同じアメジストでできた小ぶりな髪飾りを差し込んでいる。淡いクリーム色のドレスをまとい、薄く化粧をしたエリザベスの美しさに、他の令嬢からも小さく溜息がもれる。その様子にアリシアは満足げだ。

「ふふふ、みんなベスに驚いているわ」

「何か変なこと言ったかしら？　そんなことより早く本が見たいわ。でもちゃんとお茶会では大人しくするから、アリーは心配しないでね」

このようなとんちんかんなやり取りにもアリシアは慣れている。エリザベスが自身の美しさを認識していないことをこの二年間で知った。そもそも自分の容姿に興味がないらしい。アリシアにとってはそんな点も好ましく思えた。

お茶会は、エリザベスたちが通う王立学園のことで盛り上がっていた。お茶会に出席している令嬢で王立学園に通っているのはエリザベスとアリシアだけである。そのため質問攻めに遭う。

「エリザベス様のお兄様、チャールズ様って本当に素敵ですわよね。あのお美しい顔を毎日見られるなんて、学園の女生徒が羨ましいわ」

「でも私は、兄とは学園ではほぼ会いませんわよ」

「では、どなたといつもいらっしゃるの？」

エリザベスにはまだ婚約者がいない。それもあってこの美しいエリザベスにはきっと男たちが群がっているだろうと、令嬢たちは思い込んでいる。近年、恋愛小説が流行しているが、その影響で令嬢たちは現実的でない恋愛を夢見るようになった。

「アリーと一緒にいますわよ。ね、アリー」

「ふふ、そうね、ベス」

アリシアはエリザベスの親友であることが誇らしかった。エリザベスにとってもアリシアは無二の親友だ。

「アラン殿下も昨年帰国されたし、学園は華やかですわよね」

一人の令嬢の言葉に、エリザベスはびくっとする。

令嬢たちの声は次第に大きくなっていく。

「そうそう、ラトランド公爵家のベンジャミン様に、ダービー伯爵家のウィリアム様も素敵ですわよね～。あの方たちが出る夜会は、みな様の気合の入れ方が違いましてよ。貴女方《あなた》はどなたがお好みかしら？」

「私は、アラン殿下よ！　あの美しいお顔にすらっとした身体つき、魅力的でございませんこと？」

「私はベンジャミン様がいいわ。中性的な美しさに頭のよさそうなところ、私の好みのど真ん中ですもの」

「エリザベス様の前で言うのもなんですが、私はチャールズ様ですわね。あの妖艶《ようえん》なお姿に、色気。たまりませんわ！」

「私は、ガッチリした男らしいウィリアム様ですわね。金髪の巻き毛を靡《なび》かせて、剣を振るところを一度見てみたいですわ」

令嬢たちは興奮気味にお喋りを続ける。エリザベスは何も喋ることができずに静かにお茶を飲んだ。

——アラン殿下はじめ、天敵たちは人気なのね。名前を聞いただけで怯えてしまう私には関係のない話だわ。お兄様のお陰で、学園ではどうにか普通に過ごせているけど。

アランは昨年帰国したが、エリザベスとほぼ接触することはなかった。大抵アランは天敵たちを引き連れて歩いている。エリザベスがその天敵らを苦手としていることにチャールズが今も配慮してくれているのだ。

チャールズにとってエリザベスは、下痢をしそうなところを彼らに引き止められた可哀想《かわいそう》な妹なのだ。

「エリザベス様は、アラン殿下とお話なさったことありませんの？」

「いいえ、一度もございませんわ」

突然話を振られたエリザベスが素っ気ない声で答えると、アリシアが助け舟を出した。

「学年が違うと、なかなか会わないものですわ。学園は広いですし。それに相手は第三王子ですもの、お会いできたとしても、あちらから声をかけられることなんて、そうそうありませんわ」

「そうなの。残念だわ。私たちも勉強を頑張って王立学園に入ればよかったなんて話してたのですが、たとえ入れたとしてもお会いできないのね」

「でも学園では自由恋愛が流行っていると聞いていますわ。実際どうなのですか？」

他の令嬢がアリシアに訊く。

「私たちには縁のないことですので、分かりかねますわ。ごめんなさい」

令嬢たちはがっかりした顔でアリシアを見た。エリザベスはもちろんのこと、アリシアも可愛らしい令嬢なのだから、恋愛話を聞いてみたかったのだ。しかし二人ともそういった類の話は得意でないことが先ほどのやり取りで窺えた。

その後令嬢たちは流行のドレスの話に花を咲かせた。エリザベスとアリシアは聞き役に徹する。二人とも微笑んで頷くだけだ。

お茶会が終了した後、エリザベスは予定通り本を見せてもらうことができた。希少な本であるため、布手袋をつけて手に取る。そしてお目当てのあとがきを読んだ。あとがきは、作者の若気の至りが炸裂《さくれつ》した内容だった。確かに、年を経《へ》たらこのあとがきは載せたくなくなるわね、とエリザベスは納得した。

本を見せてもらったお礼をアリシアの従姉妹に言うと、二人は邸を後にする。

「ごめんね、ベス。本当は苦手なんでしょ、お茶会」

「やっぱりバレたわね。そう、興味のない話って、どう返答すればいいか分からないの」

「気にしないで。私も苦手だから」

二人は顔を見合わせて笑みを零した。


先のお茶会でも話題となった、令嬢の憧れの的になっているチャールズは現在第六学年、つまり最終学年である。卒業後は大学には進学せずに領地経営とヴィリアーズ侯爵家が展開している事業に携わる予定である。しばらくは修業の日々だ。

そして、マデリーンとの結婚式の日取りも先日決まった。

美しい容貌をしたチャールズは、青年になってからは色気まで醸し出すようになり、婚約者がいるにもかかわらず秋波《しゅうは》を送る令嬢が跡《あと》を絶たなかった。しかし、マデリーン一筋のチャールズは歯牙《しが》にも掛けない。

マデリーンはそんなチャールズを愛しすぎて、ヴィリアーズ侯爵家領地の主要産業の一つである農業を支援する事業を立ち上げた。彼女は後に優秀な実業家として名を馳《は》せることになる。

第三学年に進級したエリザベスは努力の甲斐《かい》もあり、ずっと首席である。ガリ勉令嬢を自負する身としては、ここは譲れないところだ。ちなみにアリシアは常に五位以内の成績を収めている。

カレンは先月第四学年に編入してきたが、まだ出会っていない。

――今回の人生では、誰も害していないし、陥《おとしい》れてもいないけれど、最も執着したカレンに対しては違うかもしれない。憎悪を向けるかもしれない。今の私はアラン殿下にまったく好意を持っていないけれど、理由もなくカレンを憎く思うかもしれない。

かつてヘンリーに襲わせたキャサリンのように。

キャサリンは特筆すべきところのない平凡な令嬢だった。しかし、エリザベスには何か癪《しゃく》に障《さわ》る存在だった。当時はその何かについて考えることはなかった。

今のエリザベスには、その理由が分かる。キャサリンが貧乏伯爵家の娘のくせに幸せそうだったのが気に入らなかったのだ。まったく理不尽な理由だ。

かつてのエリザベスは幸せも不幸せも知らなかった。

そんな概念を持ち合わせていなかった。

——今の私はきっと大丈夫。私は幸せも愛も知っているわ。
お兄様に愛されている。メアリにもマデリーンお姉様にも、アリーにも大事にされている。
そして、私もそんな彼女たちが大好きだもの。

しかし、エリザベスはカレンに会うまでは確信が持てなかった。自分自身が怖いのだ。

——カレンが幸せそうだったら、キャサリンのように憎むのかしら。理由もなく憎んでいたと過去の私は思っていたけど、理由はちゃんと存在したわけだし。

しかし、そんなエリザベスの悩みは杞憂《きゆう》に終わることになる。

キャンベル公爵家を訪ねた、ある晴れた日のことだった。
庭に面したテラスでマデリーンとお茶を嗜《たしな》んでいた時、キャンベル公爵家自慢の薔薇園から複数人の声がした。テラスから見える風景式庭園とは区画を分けた薔薇園は、視界に入らないようになっている。贅沢な造りの庭である。幾何学的《きかがくてき》な構成の庭園よりもエリザベスは好きだ。
エリザベスたちは、マデリーンの惚気《のろけ》話で大いに盛り上がっていたので、そのうちの一人の声がこちらに近づいていることに気がつかなかった。

「レディ・エリザベス！　いらしてたのですね！」

ヘンリーが満面の笑顔で駆け寄ってきた。

一方、マデリーンは惚気話を中断させられて不機嫌になった。

「お久しぶりです！　大学では寮に入ったので、なかなかお会いできずに残念に思っていたところです。今日は友人たちを薔薇園に招待しているんです。どうです、ご一緒しませんか？」

相変わらずの早口である。そして強引な誘い方である。

エリザベスが返事をしようとしたところ、マデリーンに遮《さえぎ》られた。

「まあまあ！　お友達を放っておいてはよくないわ！　さあ、薔薇園にお戻りなさい！」

マデリーンがヘンリーを追い返そうとしていたら、薔薇園の方から甲高《かんだか》い声が響いた。その後に続いて男たちの声も聞こえてくる。

「あら、あなたのお客様がお困りのようよ。様子を見に行ってらっしゃいな」

「いや、しかし。そうだ、レディ・エリザベスも薔薇園に行きませんか？」

「あらあら、お客様を放っておいて何を言ってるの？　さっさと薔薇園にお戻りなさい！」

ヘンリーは渋々薔薇園に戻り、マデリーンはお茶のおかわりを給仕に頼んだ。今日の紅茶も贅沢な一品である。

「マデリーンお姉様の選ぶ紅茶は本当に美味しいですわ。ここでしか味わえないものばかり。

マデリーンお姉様にお会いするのも楽しみですが、紅茶も楽しみにしているんですよ」

「チャールズ様のおっしゃる通り、ベスは本当に舌が肥えてるわね。私も毎回、どの茶葉にしようか迷うのよ。ベスがどんな反応するか考えながら選ぶのが楽しくってね。それで、チャールズ様ったら――」

マデリーンがチャールズとの惚気話の続きを始めようとすると、再びヘンリーがやってきた。

「姉上、ちょっと困ったことが起こりまして」

惚気話を再度邪魔されたマデリーンは語気を荒らげる。

「あなたのお客様のことは、あなたが対処なさい！」

「それが、連れのご令嬢がお困りでして。男では対処できないんです……」

「私の侍女を薔薇園に連れて行きなさい」

二人のやり取りを聞いて、エリザベスはチャールズの頼み事を思い出した。

「マデリーンお姉様。あの、お兄様がレディ・マデリーンを一輪欲しいと言っていたのをマデリーンお姉様にお伝えするのすっかり忘れていましたわ。ごめんなさい。お喋りが楽しすぎて」

「まあ！　一輪と言わず、花束でお渡ししますわよ」

「いいえ、一輪がいいみたいです。一輪でも存在感があって、まるでマデリーンお姉様のようだと言っていましたし」

「もう！　チャールズ様ったら！」

マデリーンは顔を赤くして、ヘンリーの背中をバンバン叩きはじめた。

「姉上、痛いですよ！　落ち着いてください。ではレディ・エリザベス、一緒に薔薇園に行きましょう」

ヘンリーはそう言うと、腕を差し出しエスコートをしようとしたが、マデリーンに華麗に阻止された。

三人で薔薇園に向う途中、ヘンリーが薔薇園で何があったのか簡単に説明をした。なんでも招待した客の連れの令嬢の髪の毛に薔薇の蔓《つる》が絡まったらしい。薔薇園の薔薇は見事に手入れされており、普通に歩いていたら髪が絡まることなどないのだが、一体どうやって髪が絡まったのかとエリザベスは気になった。

「不思議なことがあるものですね」

「そうねぇ、不思議ねぇ」

エリザベスとマデリーンがそう話していると、そこにはエリザベスと同じ年頃の令嬢と青年四人がいた。

カレン。

アラン。

天敵その一ベンジャミン。

天敵その二ウィリアム。

天敵その三ジェレミー。


エリザベスの恐怖の対象が全員、目の前にいた。


恐怖の対象者たちが、一斉にエリザベスの方を向く。カレンは波打つ金髪を薔薇の蔓に絡ませたまま、潤んだ蒼《あお》い目でこちらを見る。

エリザベスは慄《おのの》きつつも、向き合った。

彼女は彼女自身の恐怖と対峙《たいじ》した。


「君はレディ・エリザベスだね。こんなところで会うとは！　君とは一度話をしてみたいと思っていたんだ」

アランはカレンの髪の毛を触りながら、エリザベスに話しかけた。

「ごきげんよう、殿下。畏れ多いことでございますわ」

エリザベスは恐怖と戦いながら淑女らしく礼を取る。

「学園で君の姿を見つけると、すぐに君はどこかへ消えてしまう。まさかとは思うけど、俺を避けているのか？」

アランから逃げているのを本人に悟られていたことにエリザベスは驚いた。しかし、努めて冷静に返答をする。

「ご冗談を。それよりそちらのご令嬢がお困りのご様子。お手伝いいたしますわ」

意を決してカレンに近づいた。不自然に薔薇に髪の毛を絡ませている。作為的な感は否めない。そんなことを考えていると、ウィリアムが声をかけてきた。

「やあ、久しぶり。彼女はゾウチ男爵家のカレンだ。君の一年先輩にあたるよ」

「お久しぶりでございます、ウィリアム様。こちらのご令嬢はカレン様とおっしゃるのですね」

よく知っているわと心の中で呟く。私は彼女を傷つけていない。傷つけられなかった。彼らに守られていたからだ。

ベンジャミンが不器用な手つきでカレンの髪を扱っているのを見て、エリザベスは思わず声をあげる。

「ああ、ベンジャミン様、そんな風に引っ張っては、薔薇も髪の毛も傷んでしまいますわ！」

この人たちは何をしているのだろうか。

カレンを囲んで、髪を触りまくっている。

バカなのだろうか？

庭師を呼んで薔薇を切らせればいいのに。

エリザベスとマデリーンは、同じことを考えていた。

「マデリーンお姉様、このレディ・マデリーンを一輪切ってもよろしいですか？」

「そうね、庭師を呼びましょう」

侍女に庭師を呼ばせようとしたら、カレンが叫んだ。

「やめて！　恥ずかしいわ！」

「カレンは恥ずかしがり屋だから、庭師と言えど他の男にこの姿を見せたくないのです」

天敵その三の少女と見紛う美少年、ヘレフォード男爵家嫡男ジェレミーが答えた。

「俺はカレンの髪の毛を他の男に触らせたくない」

アランが呟く。

エリザベスはカレンと彼らのやり取りを見て脱力した。そしてカレンに対して憎悪も嫌悪感も湧かなかった。多少、頭が悪そうだとは思ったが。

エリザベスは、心の底からほっとした。

やっと恐怖から解放されたのだ。

エリザベスは殺人狂にならなかった。

天敵は、もはや天敵ではないのだ。

エリザベスはその瞬間、嫣然《えんぜん》と笑った。薔薇を背にして立つその姿はまるで女神のようだった。

アランやベンジャミン、ウィリアムは、その姿を驚嘆の溜息を殺して眺めていた。カレンはそんな彼らの様子が気に入らなかった。本来ならば、彼らの見つめる先はカレンだけのはずだったのだ。

エリザベスはポケットからナイフを取り出し、さっと薔薇を切り落とした。そして絡んだ髪の毛を丁寧に解いた。

「マデリーンお姉様、この薔薇をカレン様に差し上げてもよろしいかしら？　とても気に入っているご様子なので」

「ええ、構わないわ。ああ、それからチャールズ様には私が選んだものを送りたいわ。とびきり素晴らしいレディ・マデリーンを。一緒に選んでくれるかしら？」

エリザベスは笑顔で頷いた。薔薇の棘《とげ》を手際よくナイフで取り除きカレンに渡すと、マデリーンと共にチャールズに贈る薔薇を選びはじめた。

エリザベスとマデリーンは一番美しく咲いているレディ・マデリーンを探しはじめた。マデリーンがどれをチャールズに送ろうかと迷っていると、エリザベスはまさにこれから咲こうとしている薔薇が一番素敵だと勧めた。先ほどのようにエリザベスが手ずから切ることはない。マデリーンが侍女に庭師を呼ぶよう頼むと、二人は再びテラスに戻った。

その場に残された者たちは、しばし無言になった。

「レディ・エリザベスは、本当に素敵な令嬢だろ？　うちにはよく訪ねてくるんだ。自慢になっちゃうけど、尊敬の眼差しで私を見つめて、優秀だと褒めてくれたこともあるんだ」

得意げに語るヘンリーは二年前にエリザベスに言われた一言を後生大事《ごしょうだいじ》に覚えていた。恐らくエリザベスは忘れているが。

公爵家子息のヘンリーは第三王子アランと歳が近く幼馴染《おさななじみ》だったため、今でもたまに会う仲である。アランは先日からヘンリーに自分の恋人カレンの自慢をしており、ヘンリーはそれならば一度会ってみたいと薔薇園散策に誘ったのだ。

ヘンリーはアランに勝ったと思った。カレンよりエリザベスの方が美しいし、賢いし、優しいし、胸は大きいし、いい匂いがするし……とにかく勝ったと思った。

しかし、エリザベスとヘンリーは、互いの兄と姉が婚約者同士であるというだけの、未だ姻戚でもない関係だった。

◇◇◇

最大の恐怖から解放されたエリザベスは、学園でアランたちを見かけても逃げなくなった。

しかし、天敵たちを見るたびにあの私刑の状景は蘇《よみがえ》る。

罪を忘れてはならない。戒《いまし》めのために、あの記憶を鮮明に呼び覚ます天敵たちの存在はエリザベスには必要だと考えていた。

ちなみに天敵でなくなった現在も、それまでの習慣でエリザベスは彼らを天敵呼ばわりしていた。

いつものようにエリザベスがアリシアと二人で、第三食堂で他愛もない話で盛り上がりながら昼食をとっていた時のことだった。

「レディ・エリザベス、ここで飯《めし》を食っていたのか！」

食堂の入り口に天敵三人とカレンを引き連れ突然現れたアランがエリザベスに話しかけてきた。王子とは思えない言葉遣いである。

小さな第三食堂にアランが現れたことで、周囲が騒《ざわ》めいた。この食堂は校舎から離れており、しかも狭いため利用者が少ないのだ。エリザベスはチャールズからアランたちが第一食堂で食事をとっていると聞いていたので、アリシアには申し訳ないと思いつつも敢えてこの食堂を利用していた。しかしアリシアはクラスメイトたちの邪魔が入りにくいこの食堂を気に入っていた。

エリザベスは仕方なくアランに挨拶をする。

「ごきげんよう、殿下。そして皆様。今日はこちらでお食事なさるのですか？」

美しく煌《きら》びやかな五人の存在は、こぢんまりとした食堂では明らかに異質である。

「ああ、たまには気分を変えたくてね。チャールズから君がここで食事をとっていると聞いたんだ」

アランたちがエリザベスの方に近づいてくるので、彼女と同じ長テーブルで食事をとっていた生徒たちが離席しはじめた。そして給仕係がアランに席を用意しはじめた。いつもなら学生同士で譲り合うところなのだが、相手が王族となると扱いも変わるのだ。そういう理由もあって、王族は第一食堂で食事をするのが慣例となっていた。

アランはエリザベスに断りもなく隣の席に座った。そしてカレンはアランの隣に、そのカレンの更に隣にはジェレミーが着座する。

エリザベスは移動した生徒に対して申し訳なく思い、そして不躾に隣に座ったアランに対して呆れていた。いくら王族と言えども、ここは平等を謳《うた》う学園。せめて一言声をかけるべきではないだろうか？　エリザベスは眉をひそめた。

アランたちの正面にはベンジャミンとウィリアムが座る。

アリシアは華やかな集団と思いがけなく同じテーブルを囲むことになり、動揺を隠せないでいた。それを察したエリザベスが、アリシアに話しかける。

「アリー、私、次の授業の予習がしたいの。今日は早めに教室に戻ってもいいかしら？」

「え、ええ。もちろんよ、ベス」

エリザベスとアリシアは黙々と食事をした。いつもなら楽しい時間であるが、今は早くこの場から離れたい。だからといって貴族令嬢として早食いなどあり得ない。いつも通りに優雅に食事をする。

お喋りさえしなければ、いつもよりずっと早く食べ終わることができるのだ。

華やかな男たちに囲まれたカレンがガチャガチャと音を立てて食事を始めた。

「まあまあ、って味ね。やっぱり第一食堂がいいわ。ね、アラン様」

「カレンは無邪気なところが可愛いけど、少し静かに食事できないのか？」

カレンはにっこり笑って答える。

「久しぶりにアラン様とお食事できたのに、黙って食べるなんてできませんわ！　最近お忙しいって話ですけど……。ジェレミーが連れて来てくれなきゃ、今日だって一緒にご飯を食べることができなかったんだもの。いくら学園外でお会いできるとは言え、寂しいわ」

「喋るのは構わない。食器を鳴らさないで食べてほしいんだ」

アランは口調は悪いが王族として教育されただけあって、所作は美しい。

カレンは、顔を真っ赤にした。

「ごめんなさい。私、平民の生活が長かったから……。アラン様に相応《ふさわ》しい令嬢になるために、頑張らないとね」

そんな茶番が繰り広げられているのを横目に、エリザベスとアリシアは早く教室に戻ろう！と目と目で語り合った。

「殿下、私たちはこれで失礼しますわ」

立ち上がろうとした時、インテリ眼鏡のベンジャミンがエリザベスに話しかけた。

「レディ・エリザベス、あの二年前のこと改めて謝罪したい」

エリザベスはやっとアランとその仲間から離れられると思ったのにと、心の中で舌打ちをした。

「あれは私自身の問題でしたので。貴方様にはなんの非もございませんわ。ですから謝罪の必要もございません」

二年も前のことを蒸し返すな！　とエリザベスは若干苛々《いらいら》しはじめた。

すると、次はウィリアムが話しかけてきた。

「今日、チャールズからやっと理由を聞き出した。君はトイレに急いでたんだね。ごめんよ」

脳筋美丈夫のウィリアムがデリカシーのかけらもないことを言う。信じられない男である。しかも食堂でだ。

「それは本当か？　私は聞いてないぞ」

何故かベンジャミンが顔を赤らめてウィリアムに突っかかる。

エリザベスはあまりに失礼な発言に言葉に窮《きゅう》した。しかし、気を取り直して最後の言葉を発した。

「……ですから謝罪は不要ですし、お願いですから忘れてくださいまし」

エリザベスはアリシアと共に食堂を後にした。

「……そういう理由だったのか。当時十二歳の少女です。きっと初めてのことで、不安で泣くのも無理はないでしょう」

医学部に進む予定のベンジャミンがしたり顔で呟いた。訳の分からないウィリアム、事情を知らないアランたちがベンジャミンの解釈を聞き、顔を赤くする。

カレンは男たちの関心がどんな理由であれエリザベスに向けられているのが面白くなかった。以前はアランたちと一緒に食事をとっていたのに、最近は忙しいとの理由で彼らとは学園で会えなくなった。今はアランの代わりにジェレミーがカレンの傍にいる。アランはカレンに悪い虫がつかないように、ジェレミーにカレンのことを頼んでいるのは彼女も知るところである。それでも、カレンは自分の恋人がアランであることを学園で知らしめたいと思っていた。カレンにとっても他の女生徒にとっても、アランは魅力的な王子なのだ。

エリザベスにとってはまったく魅力的ではないが、そんなことカレンが知る由《よし》もない。

第三食堂のことで怒《いか》れるエリザベスは、帰りの馬車の中でチャールズに詰め寄った。

「お兄様、一体どういうことですの？」

「何を怒ってるんだい？　ベス」

「ウィリアム様にあのこと、お話しになったでしょ！」

「ごめん！　マデリーンが行きたがっていた劇のチケットが取れなくて、ウィリアムに譲ってもらったんだ。ベスのあの時の事情を話すかわりに」

ええ……そんなことで。

結構簡単に売られたエリザベスである。

「彼も気にしてたし、もう二年も前のことじゃないか。それにそんなに恥ずかしいことじゃないぞ」

恋愛脳のチャールズは開き直った。

「私、これでもレディですのよ！」

「ベスは、糞尿から肥料を作る研究をしているじゃないか。何を恥ずかしがることがあるんだい？　貴賤《きせん》の別なく排泄はする。ごく当たり前で自然な現象だ」

チャールズは論点をすり替え、正当化すらしはじめた。

エリザベスは王立図書館で、各国の民俗学、特に糞尿にまつわる風俗について調べていた。

そして糞尿を家畜の餌とする民族や、肥料として売買する国など、糞尿に価値を見出す文化に目をつけた。

しかし糞尿はそのままでは肥料にならない。寝かせて発酵させなければならないのだ。今はその最適条件を模索《もさく》しているところである。

この研究は半年前からマデリーンの事業の一つとして扱ってもらっており、研究成果はすべてマデリーンの商会に帰属する契約だ。

一方、最貧困地区の上水問題は行き詰まっていた。せめて飲用水だけでも地下水が利用できればいいのだが、当てずっぽうに掘削《くっさく》するわけにはいかない。技術的に掘削可能な水脈のある地点が分からないとお手上げなのである。

この国には鉱脈や水脈を探し当てることができる異能者と呼ばれる者が存在する。異能者は鉱脈や水脈を当てるだけでなく、透視や強力な暗示をかけることができる人智を超えた希少な存在である。他国に渡ることを防ぐ目的で王宮内に高待遇で囲っており、その力は王家のみが使用できる。それゆえ、その存在は秘匿《ひとく》されているのだ。

かつてのエリザベスに自死ができないように呪術——実際は暗示であるが——を施したのがこの異能者である。アランの手引きによって王宮から連れ出され、わざわざエリザベスに暗示をかけた。死んでしまっては罪は贖《あがな》えないというのが、当時のアランの自論だった。だから、エリザベスは秘匿の存在である異能者を知っている。異能者は甲高い声をした中肉中背の中年男性だった。

「私はなんでもできるんですよ。金鉱脈を当てて国を潤すことも、水脈を当てて民を潤すこともできる。でも私はそんなことに興味はない。貴女も私と一緒でしょう？　自分のことにしか興味のない孤独な人だ」

　そう言うと異能者はエリザベスの頭に手をかざした。

「これで貴女は今後一切自分も他人も傷つけることができない。これは解けることのない呪いです。ほら、試しにやってごらんなさい」

　異能者はエリザベスにナイフを渡す。怒りで震えるエリザベスはそれを受け取り異能者を刺そうとするが、刺す直前で腕が止まる。自らを刺そうとしてもやはり刺せない。

「私は人が絶望する瞬間が大好きなんですよ」

　愕然《がくぜん》とするエリザベスを見て、異能者はにやりと笑い昏《くら》い目を輝かせた。

◇◇◇

　学園が休みの週末、エリザベスはマデリーンとともにキャンベル公爵邸のサロンにいた。

　実業家の顔を持つマデリーンは、先日エリザベスの肥料の研究に興味を持っているという人物と顔合わせをした。マデリーンはごく簡単に研究について話をしただけだが、彼らの姿勢に十分な手応えを感じた。実業家としての勘をもってして、エリザベスを紹介することにしたのだ。

この肥料の研究に興味を持ったのは、オーギュスト・ド・シャレットとラキモンド・ファルネーゼという二人の男だ。彼らは外国人であり、それぞれ異なる背景を持つ。

オーギュストは農業大国であるダンテス帝国からの留学生で、帝国の筆頭公爵家の次男である。切れ長の蒼い瞳に、彫刻のように美しい顔をしている二十一歳の青年だ。金色の真っ直ぐな長い髪をゆるく結び肩に流していた。

もう一人のラキモンドは、波打つ黒髪に浅黒い肌、鋭い目をしたガッチリとした美男子で、ファルネーゼ王国の王弟である。ウィンストン王国の同盟国であるファルネーゼ王国は痩せた土地が多く、小麦を輸入に頼っている状況だ。

二人ともそれぞれ本国の農業分野の発展に関心を寄せていた。だから安価でなおかつ十分な効果が見られる肥料というのは非常に魅力的なのだ。

その二人が執事に連れられ、サロンに入ってきた。

エリザベスは緊張した面持ちで挨拶をする。

「ヴィリアーズ侯爵家が長女、エリザベスと申します。このたびは私の研究に興味を持っていただき、誠に光栄でございます」

オーギュストとラキモンドは、エリザベスを見て思わず息を呑《の》んだ。

「こんなに美しく若いお嬢さんが、あの研究をしているとは思いもしなかった。いやはや、こんなに驚いたのは久方ぶりだ」

「ラキモンド殿下、まったく同感です」

ラキモンドとオーギュストは挨拶も忘れてエリザベスを見つめる。

「ふふ、私の自慢の義妹ですのよ。ベス、こちらがラキモンド殿下、そしてオーギュスト様ですよ。お二方とも、ベスの研究に興味をお持ちなの」

エリザベスは背の高い二人を見上げた。

「私はラキモンド・ファルネーゼだ。あと二ヶ月ほどウィンストン王国に滞在する予定だ。よろしく」

ラキモンドはエリザベスに握手を求めた。男性から握手を求められるのは初めてである。対等の立場で話したいという意思表示だろう。エリザベスは真剣な眼差しで握手した。ラキモンドの大きな手は分厚かった。

「初めまして、レディ。オーギュスト・ド・シャレットです。二年前にダンテス帝国からこちらに留学して来ました」

オーギュストもラキモンドに倣《なら》って、握手を求めた。オーギュストの手は意外に大きく、見た目とは異なり硬くたこらしきものもあった。握手をしている時ですら観察癖が抜けないエリザベスである。

「こちらこそ、どうぞよろしくお願いします。私がお話しできることでしたらなんでもお答えしますわ」

「ベス、具体的な数値は駄目よ。それ以外なら答えても大丈夫よ」

マデリーンは後々の交渉のためにデータをただで渡すような真似はしない。慈善事業ではないのだ。


早速、エリザベスは研究の進捗《しんちょく》状況について説明をした。

研究を始めてまだ半年強ということもあり、試行錯誤を繰り返している状況である。糞尿の発酵までの時間、発酵時間による肥料の質の差異、それを検証するために同じ条件の畑で同じ作物を育成していることなどを話した。

作物の成長には時間がかかるため、実用化するには早くても二年はかかるとエリザベスは見積もっている。

「糞尿の肥料化は、東方の国での文献で知ったということですが、何故そのようなことを始めようとしたのでしょうか？」

オーギュストが最も気になっている点である。こんなに若くて綺麗な貴族令嬢が何故そんなことをしているのか、理解できないのだ。

エリザベスは言い淀んだ。

最貧困地区の環境改善が目的なのだが、貴族はもちろんのこと普通の平民ですらその地区に足を踏み入れることはない。劣悪な環境を具体的に貴族令嬢が知っているのは、極めて不自然だ。

「そのことについては、お答えすることはできません。申し訳ございません」

「何か事情がおありなのですね。では、そのことについては触れないでおきましょう」

オーギュストは答えた。しかし、いつかその理由を知ることができればと密かに願った。

「近いうちに、その研究をしているところを見学したい。構わないだろうか？」

「ラキモンド殿下、喜んでご案内させていただきますわ。王都から馬車で一時間ほどの距離にあるパル村で、肥料の生成と畑での検証をしています。私は休日には可能な限り行っています」

当たり前だが、エリザベスが直接、糞尿を集めたり肥料をまいたりしているわけではない。人を雇い、決められた手順で作業をするように指示している。

農業に関してもずぶの素人《しろうと》であるため、作物の成長具合や味についてはパル村の人々任せである。

エリザベスはあがってきたそれら報告をまとめ、データを収集し分析している。

「では、私も殿下と一緒に見学してもよろしいですか？」

そうオーギュストが尋ねるとエリザベスは快諾した。更にオーギュストは続ける。

「次にそのパル村は行くのはいつでしょう？」

「明日です」

「ちょうどよかった！　明日は空いています。急な話で申し訳ないのですが、同行してもよろしいですか？」

「もちろんです。実際現場を見ていただければ、理解していただけるところもありますし、私としても大変嬉しいです」

「……。私は明日はランスロット王太子らと会食なんだ」

一方のラキモンドは残念そうに呟く。

「パル村へは休日しか行けませんが、殿下のご都合のよろしい時にいらしてください。お待ちしております」

エリザベスが笑顔でそう言うと、ラキモンドは頷いた。


翌日、エリザベスとオーギュスト、そしてメアリを乗せた馬車が長閑《のどか》な田園風景の中を走る。

パル村までの道中、エリザベスは緊張しつつもオーギュストとの会話を楽しんでいた。

「オーギュスト様、ダンテス帝国は気候がよく土地も肥沃《ひよく》ですよね。農業も盛んで他国に輸出するくらいに。そして腐葉土《ふようど》を主な肥料としていると聞き及んでいます。新たな肥料の必要性はあるのでしょうか？」

「私は、帰国後、我が公爵家の持つデルベ侯爵位を継ぐ予定です。デルベ領は北部の痩せた土地にあり、主要な産業もなく貧しいところなので、どうにかしたいと思っていまして」

「まあ、そうでしたの。オーギュスト様は、素晴らしい領主になりますわね。……ごめんなさい、生意気なことを申し上げました」

「構いませんよ。そう言ってもらえると、やる気も出ますし」

オーギュストは美しい顔を綻《ほころ》ばせる。

「大学ではやはりそういった関係のお勉強をなさっているのですか？」

「まったく関係のない数学ですよ。もともと母国ダンテスの大学で学んでいたんですが、数学の天才が集まるウィンストン王立大学で更に研究をしたくてね」

オーギュストは、二百年間誰も証明ができていない定理の証明に取り組んでいた。恐らくライフワークになるだろうと本人は考えている。

「でも侯爵様になったら大学はやめないといけませんよね。研究はどうなさるおつもりですか？」

「ははは。数学は紙とペンさえあれば、どこでもできますからね。研究者仲間とは手紙でやり取りをすれば問題ありませんし。私が大学に通っているのは、自由でいたいからですよ。しかし、もう二十一歳ですからね。年貢《ねんぐ》の納め時ってやつです」

そんな話をしているうちに、パル村に着いた。エリザベスは早速、糞尿を発酵させているところにオーギュストを案内した。メアリは後ろから日傘をエリザベスにさして付いて歩いている。侯爵令嬢は何かと面倒であると、エリザベスは苦笑する。

土の上に木の板が並んでいるところまで来て、エリザベスは止まった。

「この板の下には五つの素焼きの壺が土中に埋められています。その中で糞尿を発酵させます。糞尿はそのままでは肥料になりません。この発酵過程が重要なのです」

エリザベスはオーギュストに説明を始めた。

「こちらでは熟成期間の異なる五種類の肥料を作っています。これらを同時に畑にまきます」

「なるほど、比較実験ですね」

オーギュストは感心した。まだ十四歳の少女がちゃんと検証をできるよう実験しているのだ。

エリザベスは次に畑を案内した。

「エリザベスお嬢様、こんにちは！」

作業をしている村人たちがエリザベスに声をかける。

「みなさん、ごきげんよう。何か問題はありませんか？」

「へえ、特にないです。いい感じに作物が育っていますよ！　今までよりずっと立派なモンができています」

「それはよかったです。オーギュスト様、ここでは四種類の作物を育てています。そして先ほどお見せした五種類の肥料を使用しています」

細かく区分された畑に、日付と肥料の種類を書いた立札が刺さっている。実験している畑は全体でおおよそ六エーカーで、小さなものだった。

エリザベスはメアリを促して帽子とエプロンをもらった。彼女は手渡されたつばの広い帽子を被り、エプロンをつける。

「では、畑に参ります。」オーギュスト様は、お洋服が汚れてしまいますので、こちらでお待ちください」

土の様子を村人たちに聞きながら畑の中を歩く。その姿を見たオーギュストは、エリザベスの後についていくことにした。エリザベスは屈《かが》んで土の状態や作物の様子を真剣に見ていた。

「レディ・エリザベスは、本当に真剣にこの研究をしているんですね」

「まだまだ力不足で、お恥ずかしい限りです」

「いいえ、貴女は自らの手を土で汚して研究をされている。データ収集だけならば報告だけで十分でしょうに、わざわざ己の目で確かめる。素晴らしいと思います」


エリザベスは研究だけでなく、エリザベス自身も褒められて顔を赤らめた。

「そう言っていただけて光栄です」


その時、小麦の穂にトンボが止まった。エリザベスはこの光景を美しいと思った。秋空に黄金色の穂、そしてトンボ。サザーランドの別荘での生活が思い出されて、懐かしさで胸がいっぱいになる。

「オーギュスト様、トンボは目が回るって本当でしょうか？」


先ほどまでの研究者の顔を潜めて、エリザベスは子どものようにトンボを見つめている。

「じゃあ、やってみましょうか？」

「ふふふ、私がやってみますわ！」

エリザベスはトンボを前に指をくるくる回しはじめた。その無邪気な姿に、オーギュストは目を細めた。

結局トンボは目を回すことなく、飛んでいった。

二人は笑い合った。


エリザベスとオーギュストがパル村にいる頃、ラキモンドは王太子夫妻と第三王子のアランと会食をしていた。王宮のサロンでの昼食会だったので、格式張っておらず肩肘張らない気軽なものだった。ちなみに第二王子は外遊中で不在である。

アランによく似た容姿の王太子ランスロットは一昨年結婚したミリエラとは王立学園で出会った。もともと隣国の王女との婚約が決まっていたが、それを覆《くつがえ》して伯爵令嬢のミリエラと結婚をしたのだ。

その隣国の王女との婚約解消を手助けしたのがラキモンドである。ラキモンドは二十七歳でランスロットより二歳年上であるが、幼い頃からランスロットとは同盟国の王子同士として親しくしていた。そしてランスロットの婚約者であった王女とも面識があり、王女に恋人がいることを知っていた。下手をすれば国際問題になりかねない婚約解消は、ラキモンドが間に入ってそれぞれ愛し合っている相手と結婚できるように両国の首脳たちに働きかけた結果、王女側に若干の瑕疵《かし》がある形で決着した。これは先に恋人を作ったのが王女であったためである。もともと政略結婚による同盟強化は今の時代にそぐわないという意見は多く、また国を超えた閨閥《けいばつ》も問題になっていたので、ラキモンドの手柄というよりは時代の趨勢《すうせい》に従った結果、婚約解消ができたと言った方がいいだろう。

「ラキモンド、我が国では楽しんでるかい？」

「執務からしばし解放されてはいるが、視察の予定が結構入っていてあまり楽しむ余裕はないな。君こそ忙しいんだろう？」

「まだまだ父上には頑張ってもらうつもりだけど、だいぶこちらに仕事が回ってきてるよ。それより、ラキモンド、視察で何か得られたものはあったかい？」

「我がファルネーゼ王国は知っての通り観光立国だ。しかしそれに依存し続けるのは危険だと思っている。私だけじゃなく多くの見識者も同様の意見だ。何か新しいことを始めるべき時期に来ているんだ。ウィンストン王国には、そのヒントがたくさんあるよ」

小国ファルネーゼ王国は、昔栄華を誇った亡国トラント帝国の首都があった半島に位置し、歴史的価値のある神殿や城を持つ国である。海に面した古城ヴェッタオ城は特に有名で、多くの絵画作品にもなっている。現在、ラキモンドがこの城の所有者である。

「技術提携については、こちらの首脳陣との交渉次第だね。私も口添えくらいはできるだろうけど」

「よろしく頼むよ。技術提携と言えば、昨日素敵なレディに会ったよ。肥料の研究をしてるんだが、とても聡明な女性だった」

ラキモンドは、エリザベスの研究のことを話した。

「我が国は諸外国に先がけて女性の大学入学を許可している。有能な人材が埋もれてしまうのは、国にとっても損失だからね」

「ミリエラ妃殿下が中心になって、女性の社会進出の後押しをしていると聞き及んでいるぞ。実際そうなんでしょう？　ミリエラ妃殿下」

「ふふふ、できたら女性も結婚以外に選択肢があればと思っています。私たち女性は結婚して家庭を守らなければならないという古くからの考えに縛られています。女性自身が因習に囚《とら》われているのです。まずは啓蒙《けいもう》活動をと思っていますわ」

「さすが、私の選んだ人だ！」

ランスロットはふざけた様子でミリエラの手に口付けを落とす。

「違いましてよ。私があなたを選んだのです」

「この空気、独り身にはきついな」

「ラキモンドも結婚すればいいじゃないか。どんな恋でも応援するぞ」

「簡単に言ってくれるね。まったく」

「あら、先ほどのお話にあがった女性は？　女性で研究されているなんて、とても素敵だわ！」

ミリエラがエリザベスのことを言うので、ラキモンドは咽《むせ》た。エリザベスはまだ十四歳の少女だ。

「是非、私もその女性に会ってみたいものだね」

「それは彼女に聞いてみないと。私も昨日、知り合ったばかりだし」

「アラン、お前もその女性のようにしっかり学べ。最近、女に入れ込んで遊び呆けているらしいじゃないか」

それまで黙って話を聞いていたアランは、ランスロットに話の矛先《ほこさき》を向けられて、むっとした。

「どうせ、その女ってのはガリ勉だろ。女は可愛けりゃいいんだよ」

「まあ！　なんてことをおっしゃるの？　女性の価値は美しさだけではありませんわ。そういう女性蔑視の考え方は改めませんと――」

ミリエラの叱責を遮ってラキモンドはエリザベスについて言及した。

「いやいや、非常に美しいレディだよ。私がもう少し若ければ求婚するところなんだが。何せ彼女はまだ十四歳なんだよ」

ラキモンドは苦笑しながら続けた。

「アラン、君も通っている王立学園に在学中と言っていたよ。エリザベス・ヴィリアーズという令嬢だ。非常に目立つ美貌の女性だ。君も知っているんじゃないか？」

「レディ・エリザベス！」

アランはフォークを落とした。アランは最近、エリザベスが気になって仕方がなかった。カレンは確かに可愛いが、エリザベスと比べると容姿も頭も何もかもが劣っている。

エリザベスは薔薇のように美しい。もしカレンと出会う前に彼女と親しくなっていたのならば、今頃は恋人になっていたのにと惜しく感じていた。アランは自分に落とせない女はいないと自負している。実際、今まではその通りだった。

アランはそれなりに女性と付き合ってきたが、その中でもカレンは特別だった。男爵家に引き取られるまで平民として暮らしていたからか、気取りがなく、大らかで、前向きで、そして素直な令嬢だった。貴族令嬢にはない愛らしさがあった。どうしようもなく惹《ひ》かれた。そして、すぐに恋人同士の関係になった。そこに愛は確かにあったと思う。しかしエリザベスを前にすると、カレンが色褪《いろあ》せて見えた。

「おや、アラン、お前も知っているのか。ヴィリアーズ侯爵は辣腕家《らつわんか》で有名だからな。その息女も聡明なんだね」

「彼女の兄のチャールズとは、同じ学年なんだ。来月の狐《きつね》狩りに彼ら兄妹を誘っていいか？兄上」

「構わないよ。是非招待しなさい。ラキモンド、君もどうだい？」

「日程が合えば、参加させてもらうよ」

「ありがとう、兄上！」

厳しいことも言うが、基本的には末っ子のアランにはかなり甘いランスロットだった。

◇◇◇

ヴィリアーズ侯爵邸の一番豪奢なダイニングで久しぶりに家族揃って晩餐をとっていた時のことだ。父リチャードとチャールズが事業の話をしていたら、突然、母オフィーリアがエリザベスに話しかけてきたのだ。

「エリザベス、あなたにいい縁談があるの」

エリザベスは縁談のことよりも、オフィーリアが話しかけてきたことに驚いた。

「私は聞いてないぞ！」

父のリチャードが怒りを露にして、オフィーリアを睨む。

「言ってませんもの。エリザベスには王族の血が流れていますわ。やはり高貴な血を汚してはならないと思いますの。それでアラン殿下とエリザベスを結婚させようと王妃殿下と話しているんです」

「アラン殿下と結婚しても利がないぞ。エリザベスにはダンテス帝国で巨大織維工場を持つデュクレー子爵に嫁いでもらうつもりだ。彼は巨万の富を生み出しているんだ、アラン殿下とは比べ物にならない」

「父上、織維王デュクレー子爵といえば、五十を過ぎた方ではありませんか！　まだ十四歳のベスには酷《こく》というものです！」

　エリザベスは冷静に三人の会話を聞いていた。内容はともかく、自分のことがこんなに熱く語られたのは生まれて初めてである。

　三人の視線がエリザベスに向けられる。エリザベスはその視線に応えるように口を開いた。

「まずはお母様にお訊きしたいのですが、何故アラン殿下との婚約のお話があがったのでしょうか？」

「下賤《げせん》な娘がアラン殿下に付きまとっているらしくて、王妃殿下がお困りなのよ」

「……私はその女性を知っています。アラン殿下は彼女を愛しているようでした。ですから、この話はアラン殿下のご意向はまったく酌《く》んでおりませんよね。アラン殿下が承知するとは思えませんわ」

　エリザベスはカレンを思い出した。確かに王子妃になるには品がなさすぎる。身分は高位貴族の養子にでもなれば解決するが、マナーは一朝一夕で身につくものではない。是非とも頑張ってほしいところだ。

「次にお父様に、デュクレー子爵と私の結婚によって生じる利を教えていただきたいのですが」

「織維業の革命児と呼ばれる男だ。その技術は他に類を見ない。我が領でも織維業をより盛んにしたいと考えている。お前がデュクレー子爵と結婚すれば、技術提供をしてもらえる可能性がある。お前はヴィリアーズ領をより発展させたいと思わないのか？」

「技術提供に関して可能性があるとのことですが、それはお父様の希望的推測ですわよね？　そもそもデュクレー子爵が社交界デビュー前の私のことを知っているとは考えがたいです。つまりはこの結婚を望んでいるのはお父様だけでしょう？　お父様が無理やり私と子爵を結婚させても、小娘と結婚したくらいでそんな重要な情報を与えるとは私には思えません。逆にヴィリアーズ領の養蚕業《ようさん》に目を付けられる可能性はありませんか？」

「私はお前の努力次第だと考えている。技術提供したくなるくらいに相手を籠絡《ろうらく》すればいい。それに我が領の養蚕業は餌だ。目を付けられても構わない」

「残念ながら、私のことを知りもしない殿方を籠絡《ろうらく》できるなどというお約束は私にはできませんわ。技術提供がなされなかったら、お父様は私という駒《こま》を無駄にすることになります」

オフィーリアもリチャードも、エリザベスのはっきりとした物言いに驚いた。

両親はエリザベスと会話をすることがほとんどなかったため、彼らはエリザベスを自己主張しない大人しい娘だと勘違いしていたのだ。

「私はベスには好きになった人と結婚してほしいよ。愛し合って結婚してほしい。相手をこれから見つければいい。来年には社交界デビューだし、その機会にも恵まれるだろう」

チャールズは相変わらず恋愛脳を拗《こじ》らせていた。

気まずい雰囲気で晩餐は終わった。

自室に戻ったエリザベスはルアーを作っていた。重量バランスを取るのが難しい。

今年の夏季休暇は肥料の研究のため王都を長期間離れるわけにはいかず、サザーランドの別荘には二週間のみの滞在となった。そんな短い滞在期間中に、エリザベスはルアーを使った釣りを初めてしたのだ。ルアーは夏季休暇前にいくつか試作していたが、上手くいかなかった。改良の余地ありとのことで手持ち無沙汰《ぶさた》のときはルアー作りをするようになった。

しかし今は暇だからルアーを作っているのではなく、結婚が現実のものになってきたという事実に少なからず動揺しており、落ち着くためにナイフでルアーを削っている。

「そういえば、メアリは結婚しないの？」

「お嬢様は、たまに思い出したかのようにお訊きになりますね。結婚はしませんよ。相手もおりませんし」

「えぇっと、料理人とかでいい人いないの？　ほら年の近いビルとか」

ビルとはかつてのメアリの恋人である。

「ええ？　ビルはあり得ません。あの男、あの顔で二股かけていたようで、この間なんてメイドの二人が取っ組み合いの喧嘩をしていましたよ。それに私はお嬢様といることがほとんどですので、お美しい男性ばかり見ています。目が肥えすぎて、ビル程度では満足できません。ですから一生独身で、お嬢様の侍女として生きていきますわ」

メアリはきっぱりと言い切った。

それにしても、あの料理人は薄情な上に浮気男だったのか。

エリザベスはなんとも言えない気持ちになった。

◇◇◇

秋が深まり、落ち葉が舞う季節になった。狐狩りのシーズンが到来した。

狐狩りが行われる王家所有の森に向かう馬車の中で、エリザベスは溜息をついた。

「あらあら、どうしたの？　そんなお顔をして」

マデリーンが尋ねる。いつもなら隣に座っているチャールズだが、今日は狐狩りのため乗馬服に身を包み騎乗して先に出ていた。

「あまり気が進みませんの。アラン殿下のこともありますし」

「チャールズ様から話は伺《うかが》っているわ。気にする必要なんてないわよ。うちの薔薇園で会ったカレンとかいう令嬢と恋人同士なんでしょう？　断っても問題はないわ。私がなんとかするわよ」

キャンベル公爵家令嬢という立場だけなく、新進気鋭の実業家でもあるマデリーンには色々な伝手があった。すべてチャールズのためだが。

「ありがとうございます。でもお母様と王妃様が乗り気なんです」
「お義母様の思惑はともかくとして、王妃様がカレン嬢を認めるわけがないものね。確かに見た目は可愛らしい方だったけど、王子妃には相応しくないわ」
「あの方には是非とも王子妃に相応しい淑女になるよう、努力していただきたいものですわ……」

かつてのエリザベスがあれほど欲したアランだが、今のエリザベスにとっては面倒で厄介《やっかい》な人物でしかない。最近は学園で会うたびに馴《な》れ馴《な》れしく話しかけてきて、うんざりしているのだ。

アランが艶やかな黒髪をかき上げて、エリザベスに笑顔を見せる姿に女子生徒たちは顔を赤らめ悶《もだ》えているが、エリザベスは軽薄な印象しか持ちえなかった。彼は何を考えているのだろうと。

また、天敵たちも同様に話しかけてくるようになった。エリザベスはそのたびに緊張する。天敵たちは、かつてのエリザベスの罪への戒めたる存在だ。たびたび顔を合わせていたら心臓がもたない。そんなことを知る由もない彼らは、何かと誘ってくる。

ベンジャミンは図書館で一緒に勉強をしようだの、ウィリアムは剣技を見てほしいだのと、しつこいのだ。

――彼らは一体何を企《たくら》んでいるの？

私がカレン様を害するような剣呑《けんのん》な雰囲気を醸し出しているとでも言うの？

私を誘い出して牽制するつもりなのかしら。でも、私は何もしないわ！


エリザベスは再び彼らを避けるようになった。

しかし、天敵その三であるジェレミーだけはエリザベスを構うことはなかった。ジェレミーは医療機器や医薬品を扱うヘレフォード商会会長の長男である。ゆるく波打つ薄茶色の髪に、大きな緑色の双眸と薔薇色の頬を持つ、少女と見紛う美少年だ。

ヘレフォード男爵は爵位を金で買った所謂《いわゆる》成金貴族だった。爵位の低い男爵子息が第三王子であるアランと親しくなったのはカレンが編入してきてからである。ジェレミーはカレンを一目見た時から激しく欲した。それはジェレミーが生まれて初めて経験した恋の衝動だった。カレンがアランに惹かれているのは一目瞭然だったが、まったく気にならなかった。カレンに近づくためにアランと親しくなったが、それは非常に簡単だった。アランが留学中、ジェレミーはウィリアムやベンジャミンの子分的存在、愛玩動物的存在だったため、彼らと行動を共にすればアランにも自然と近づくことができる。アランは第三王子ということもあり、友人関係は比較的自由であったことも幸いした。

常識的に考えて王族であるアランがカレンと結婚することはないだろうと踏んでいた。

ジェレミーはカレンがアランに振られるのを待っているのだ。

今回の狐狩りはかなり小規模なものらしいが、それなりの数の人がマナーハウスの前に集まっていた。

そこでエリザベスはラキモンドに会った。

「ラキモンド殿下、ごきげんよう。狐狩りにいらしてたのですね」

「ああ、どうにか時間が取れてね。あと少しで帰国だから、こうやって君に会える機会は大切にしないとね」

ラキモンドは大人の色気漂う笑顔で答える。

「殿下は狩りはなさるのですか？」

「嗜み程度にはね。周りが海に囲まれている国で育ったから、釣りの方が楽しいね」

「まあ！　海で釣りをなさるんですか」

エリザベスは目を輝かせた。

憧れの海釣りである。

「目の前に海があるからね」

エリザベスが言ってみたい言葉である。目の前に沢があるから釣りをするよりも、海があるから釣りをすると言う方が恰好いい気がするのだ。

「私は、まだ沢でしか釣りをしたことがございませんの。いつか海で釣りをするのが夢なんです！」

「君は研究だけでなく、釣りもするのか！」

「はい、釣りは大好きです！」

「私の釣りはフライ・フィッシングではないよ」

フライ・フィッシングとは、毛針を使う釣りのことで貴族のスポーツである。

「私はフライ・フィッシングをしたことはございません。生き餌を使った普通の釣りしかしたことないんです。あ、今年は初めてルアーを使ったんですが、上手くいかなくて。難しいですわ」

ラキモンドは、急に饒舌《じょうぜつ》に語りはじめるエリザベスに驚きつつも、その無邪気で楽しそうな様子に頬を緩ませた。

「それにまだ海を見たこともないんです……。ですから、今は本を読んで想像しているだけで。海釣りは川釣りと色々と違うでしょうから、その用意も今から楽しみにしているんですよ。いつかは沖に出て釣りができたら、最高ですわ！」

「そんなに釣りが好きなのか」

「はい！　釣りと薬草が私の生き甲斐ですわ！」

優しく見つめるラキモンドに、エリザベスは急に恥ずかしくなった。釣りバカ令嬢丸出しでラキモンドに接してしまったことを若干後悔した。

「……申し訳ございません。はしたなくも、はしゃいでしまって」

エリザベスはようやく冷静になって、自分の言動を謝罪した。

「気にしなくていい。冷静でまじめな君も素晴らしいが、釣りについて熱く語る君も可愛くて素敵だよ」

「やはり釣りは素晴らしいですわよね！」

ラキモンドの甘いバリトンの声は女性を虜《とりこ》にする。しかし目の前のエリザベスは釣りの虜である。その様子を見てラキモンドはエリザベスにいつか海釣りをさせてあげたいと思った。

男たちが狐狩りをしている間、貴婦人たちはマナーハウスで優雅にお茶をしていた。今回の狐狩りは王族所有の森での開催のため、参加者は身分が高い者ばかりである。

エリザベスは基本的に聞き役だ。興味のない話に気の利いた返答ができないからである。そこは隣に座っているマデリーンが気を回して、エリザベスに話が直接来ないようにしている。マデリーンはチャールズのためにこういった社交もそつなくこなしている。いや、チャールズのために社交界を思う存分利用していると言った方が正しいかもしれない。

そんな貴婦人たちが集《つど》う中に一人の令嬢が入ってきた。カレンである。

「アラン様が危ないからって、こちらに行くようにおっしゃったの」

顔見知りがエリザベスとマデリーンしかいないため、断りもなく彼女たちのテーブルに着いた。エリザベスたちと同席していた婦人が眉をひそめる。

「ええ、狩りの邪魔はしてはなりませんわ。猟犬もたくさんいますしね」

「つまらないことをおっしゃるんですね。ええっと、マデリーン様？　でしたっけ」

カレンはマデリーンの姿を上から下まで見て、口の端を吊り上げた。マデリーンはその不躾な態度に、心底腹が立ったが決して顔には出さなかった。

「ええ、私はごくごく普通の貴族の娘ですから。カレン様のような魅力はございませんことよ」

「ふふふ、そんなことありませんよ〜。マデリーン様もふっくらとしていて、魅力的ですわよ」

エリザベスはカレンのバカにしたような物言いにさすがに我慢ができなくなった。

「カレン様、失礼ですわよ。そもそも挨拶もなく、断りもなく同席するとは、失礼にもほどがございましてよ。それにマデリーンお姉様は公爵家のご令嬢です。貴女がそのような軽口を叩いていいお相手ではございません」

「私はアラン様の恋人よ」

「たとえ殿下の恋人であろうとも、貴女自身は単なる男爵家の令嬢です」

「エリザベス様、私を侮《あなど》って後悔することになっても知りませんからね！」

カレンは立ち上がって、その場を去った。マデリーンとエリザベスは呆れてものも言えなかった。同席していた婦人たちはエリザベスたちに同情していたが、それ以上にアランの恋人と高らかに言ったカレンに興味津々である。

「あのご令嬢、本当にご自分がアラン殿下の恋人だと思っているのかしら？」

「殿下の火遊び、ご存じないのね」

「憐れですわね」

そんな侮蔑を込めた会話がエリザベスに聞こえてくる。

確かにカレンには腹が立ったが、婦人たちの会話に同調する気にはなれない。カレンのアランを思う気持ちは本物だろうから。

しばらくして、男たちが切り取った狐の尻尾を携えて狩りから帰ってきた。

「チャールズ様、お疲れ様でした。私、怪我をしないか心配してましたのよ」

「マデリーン、大丈夫だよ。貴女に心配させてしまって申し訳ない。でもその気持ちがすごく嬉しい。ありがとう、マデリーン。愛してるよ」

いつも通りのチャールズとマデリーンである。

そんなやり取りをエリザベスが幸せそうに眺めていると、ラキモンドが来た。

「レディ・エリザベス。楽しく過ごせたかな？」

「ええ、ラキモンド殿下」

今朝の自分の釣りバカ令嬢丸出しの会話を思い出して、エリザベスは恥ずかしくなり少し俯いて答える。

「私はやっぱり釣りの方が好きだな。君もそうだろう？」

エリザベスは、ぱっと顔を上げて頬を染めた。そして、とてもキラキラした笑顔を見せた。

「いつか我が国に来るといい。私のとっておきの釣りの穴場を教えてあげよう。海釣りのコツもね」

エリザベスは感動して、言葉が出なかった。

今まで誰にも釣りに誘ってもらったことがないのだ。

エリザベスはしばらく喋ることも動くこともできなかった。

「レディ・エリザベス？」

名を呼ばれて、我に返った。

「ラキモンド殿下、私を弟子にしてください！」

エリザベスは突然弟子入り宣言をしたのだった。

ラキモンドは予想外の申し入れに面食らった。今まで女性に色んなお願いをされてきたものだが、弟子入りは初めてだ。

「君の釣りの腕前を私は知らないから弟子にはできないよ。でも釣り友達にはなれるかな」

エリザベスは少し不満気だ。その顔を見てラキモンドは続ける。

「やはり弟子になりたいのかな？」

エリザベスは、ぱっと明るい表情を見せた。

「はい！　釣り友達は畏れ多くも魅力的ではございますが、私には釣りの師匠が必要だと思っておりますの。私の釣りは所詮《しょせん》書物から学んだ釣りです。独学ゆえの間違いもありましょう。しかしそれを間違いだと気付くことも一人だと難しいのです」

「うん？　君はずっと一人で釣りをしてたのかい？」

「はい。領地の沢で毎日のように一人で釣りをしておりました。もちろん、護衛はついておりましたよ」

「変わったご令嬢だ」

ラキモンドは声を上げて笑いはじめた。

「釣りほど面白いものはないと思っておりますのよ。みなさんも一度なされば理解していただけると思うのですが、王都ではその機会もありませんし。だからどなたも誘ったことがないのです。孤独な釣りを楽しんでおりますが、やはり相談相手や話し相手が欲しくなります」

「私はもうじき帰国するから、レディ・エリザベスと一緒に釣りができなくて残念だよ」

「私も大変残念に思います」

エリザベスはしょんぼりした。その様子がとても可愛いらしくて、ラキモンドは年甲斐もなくときめいた。肥料の話をしているときはあんなに聡明でしっかりした様子を見せるのに、釣りのこととなるとおかしくなるエリザベスが愛おしく思えた。

エリザベスがラキモンドと会話をしていると、アランがカレンを連れて近づいてきた。エリザベスは顔を少しこわばらせる。

「レディ・エリザベス、ここにいたのか！」

「ごきげんよう、アラン殿下。カレン様」

「ラキモンド殿下、彼女と何を話していたのですか？　随分と盛り上がっていたようですが」

アランがラキモンドに突っかかるような物言いをする。

「ははは。内緒だよ」

その返答に、エリザベスはほっとした。自分が釣りを大切にしていることをアランに知られたくないと思ったのだ。

「レディ・エリザベス？　教えてくれないか」

「ラキモンド殿下が内緒とおっしゃっていますので、お教えできませんわ。それよりカレン様が先ほどより手持ち無沙汰のご様子。私もそろそろ兄のところへ行かねばなりませんので、これにて失礼いたしますね」

エリザベスはその場を離れた。もっとラキモンドと釣りの話をしたかったが、致し方ない。近いうちにラキモンドと手紙で釣りのことをやり取りできたら素敵だと考えつつ、チャールズたちと合流し帰路についた。

◇◇◇

秋は過ぎ去り、冬になった。

学園は冬季休暇に入り、エリザベスは肥料の研究に力を入れた。学園がある間は学業に忙しく、なかなか肥料のことに集中できない。

肥料が確実に使えると証明できたら、次は最貧困地区の人たちの糞尿の収集方法、売買の規約等を考えねばならない。上手くいけば、少しだけ雇用促進にも繋がる可能性がある。

エリザベスはできたら最貧困地区を今のエリザベスの目で見てみたいと思っていた。この地区の地図は不正確なものしかない。糞尿を集めるための場所、できたら公衆便所の設置場所の目星をつけるために、行きたいのだ。それに子持ちの娼婦アンナも探したい。

しかし侯爵令嬢たるエリザベスが行けるところではない。そもそも貴族で最貧困地区の存在を知っている者は僅《わず》かだ。それほど、貴族の世界から遠い場所なのだ。もちろん、一般的な平民すら踏み入れない場所である。

また、上水の問題も何も解決していない。相変わらず汚染された水が使用されている。図書館で調べたところ、外国には浄水効果のある水草や藻《も》もあるようだが、この国には自生していない。そもそもそれら植物の具体的な効果も不明だ。

飲用水だけでも地下水を使えたらかなり効果的だと思われるが、その井戸を掘ることができない。

アラン殿下に異能者を連れ出してほしいと頼むことができればいいのだが、秘匿の存在をエリザベスが知っていては下手をすれば間諜《かんちょう》だと疑われてしまう。

最貧困地区に対して、まだ何一つできていない自分に落ち込んだ。

——今の私と最貧困地区を結びつけるのは難しいわ。あそこには教会すらない。幅広く慈善事業をする篤志家《とくしか》の手すら入らないのよ。

結局、私のやったことって糞尿の肥料化だけじゃないの……。


落ち込んでいるエリザベスに、手紙を乗せたトレーを持ったメアリが声をかけた。

「お嬢様、新年のカードがたくさん届きましたよ」

エリザベスはカードが入っている封筒を手にする。メアリはお茶の用意をしていた。

「今年も終わるのね。来年は社交界デビューもあるし、今までのように自由な行動は難しくなるわね」

溜息をつくエリザベスに、メアリは言う。

「お嬢様、何をおっしゃっているのですか？　大人にならないとできないことも多いですよ。子どもは自由ですが、不自由でもあるんですよ」

「大人になれば、悩みも解決するのかしら？」

「何をお悩みかは存じませんが、私の子どもの頃の悩みは今では微笑ましく思えるほど他愛のないものでしたね」

――私の悩みも解決するといいんだけど。

エリザベスはオーギュストからのカードを読んだ。
『春が来たら、またピクニックに行きましょう。次はシェーン湖のほとりに』
新年の挨拶と共に書かれた、ピクニックの誘いに心が温かくなる。

――オーギュスト様とは三回、パル村に行ったわ。私と一緒に畑を回って、村の小さな丘の上でピクニックをしたのよね。丘に登っている時、私が躓《つまず》いてしまいそうになって、オーギュスト様が私の腕を掴み、腰に手を添えて支えてくれたわ。

エリザベスは、顔を赤らめ悶えはじめた。

――大きな手で、そして逞しい胸をしていたわ。ムスクの香りとかすかにベルガモットの香りがして。金色の長い髪の毛が、私の頬に触れて……。

エリザベスは、恥ずかしくなってベッドの上で転がりはじめた。

かつてのエリザベスは娼婦であったが、男に優しくされたことなど一度もない。その醜い容姿もあって、単なる性欲処理のための道具でしかなかった。

口付けの経験すらなかったのだ。

意外なことに、エリザベスは初心《うぶ》なのである。

メアリはエリザベスの奇行を優しい目で見つめていた。


エリザベスの婚約の件は、一旦保留となっていた。

父リチャードは、国内外でより有益な相手を探しはじめた。

一方、母オフィーリアはエリザベスがファルネーゼ王国のラキモンド王弟殿下と親しくしていると聞き及び、そちらに関心が向きはじめている。正しくはラキモンドが所有する古城ヴェッタオ城に関心があるのだが。


そのラキモンドだが、帰国してからエリザベスと文通するようになった。互いの手紙の内容は釣りに関するものが八割、肥料についてが二割で実に色気がない。しかしエリザベスにとっては最も興味のある事柄であるため、ラキモンドからの手紙を楽しみにしていた。

「弟子になってよかったわ！」

エリザベスは独りごちた。

ラキモンド本人は弟子にした覚えはないが、エリザベスは心の中で師匠と呼んでいた。

ラキモンド同様に、エリザベスの肥料に目をつけたオーギュストだが、年末からしばらく母国に帰っていた。公爵家の次男である彼は来年には侯爵位を与えられ、領地を治める。そのための準備があったようだ。ちなみに広大な土地を所有するシャレット公爵家は、彼の兄が継ぐことになっている。

そのオーギュストから、春になる前にウィンストン王国に戻るという知らせがエリザベスのもとに届いた。そして、その手紙には観劇のチケットも同封されていた。

「ねぇ、メアリ。こ、こ、これはデートの誘いなのかしら？　そ、それとも観劇仲間を増やすための勧誘活動なのかしら？　もしかして、デートをして何かを購入させる詐欺《さぎ》とか……」

「お嬢様、落ち着いてくださいまし。デートでございますよ」

「ど、どうしましょう。何を着ればいいのかしら。髪型はどうすればいいの」

顔を真っ赤にしながら、エリザベスはうろうろ部屋を歩き回っていた。

「まだまだ時間はございましょう。さあ、今日のところはもうお休みになってくださいませ」

風変わりで優しいお嬢様に、一足早く春が来た。

メアリは目を細めて、エリザベスの動揺した、しかし嬉しそうな姿を眺めた。

メアリにはオーギュストの本気度が分かった。チケットはウィンストン王国でしか手に入らない。しかも入手困難な人気の演目でボックス席だ。帰国前にチケットを手に入れたのだろう。

「さあさあ、明日も学園がありますよ。何度も言いますが早くお休みになってください」

メアリはエリザベスに寝るように促したが、エリザベスは興奮して寝つけそうになかった。

――オーギュスト様の切れ長の蒼色の目、すっと通った鼻梁《びりょう》、薄い唇、ほっそりとした横顔、長い指、意外と逞しい身体……。低く甘い声も、長い金髪も、爽《さわ》やかな香りも、全部覚えているわ。

――私をデートに誘ってくださるなんて、期待してもいいのかしら。……肥料の交渉のためかもしれない。できるだけ有利な交渉に運ぶために。そうよ、そうに違いない！　自惚《うぬぼ》れてはいけないわ。落ち着くのよ、エリザベス。

「でも、どんな理由であれ幸せだわ」

エリザベスはベッドの中で呟いた。

ダンテス帝国でエリザベスからの返信を待ちわびていたオーギュストは、彼女のからの手紙を受け取るや否やその場で封を開けた。家令に咎《とが》められたが、気にしていられない。階段に腰かけて彼女の少し癖のある字を目で追う。

『お誘いありがとうございます。観劇楽しみにしております。オーギュスト様が我が国に戻られる日が待ち遠しいです』

エリザベスとデートができると知ったオーギュストは、喜びで居ても立ってもいられない。護衛騎士たちと剣術の鍛錬《たんれん》をするために寒空の下駆け出した。護衛騎士たちにはいい迷惑である。

オーギュストは不安だった。エリザベスとは何度か会っているが、なかなか親しい関係になれないのだ。エリザベスが研究で利用しているパル村の見学は一度足を運べば十分だった。そんなに広いわけでもないし、研究内容も単純だ。実際、ラキモンドも一回しか見学していない。しかしエリザベスと会いたいがために三度も行った。

オーギュストは社交界では帝国の至宝と呼ばれるだけあって、恐ろしく美しい顔をしている。その容姿のせいで幼い頃から有象無象《うぞうむぞう》の輩《やから》に狙われていた。それを心配した母親が護身のために剣術を学ばせたのだが、意外と剣術に才能があり今も時間のある時やリフレッシュしたい時に剣を振るっている。

長じて社交界に出るようになると、その容貌だけでなく公爵家の次男という身分もあって、彼に夢中になる女性は数多くいた。男性も若干数いた。もちろん、女性と付き合ったことも何度かあるが、彼女たちはみな揃いも揃って理想とする貴公子像を彼に求めてくる。確かに顔は人よりもいいかもしれないが、中身は普通の男だ。それに甘い言葉を囁くといった女性を喜ばせる行為は苦手だった。

彼の恋人は数学だ。留学に関して、ウィンストン王立大学が魅力的だったことは嘘ではないが、ダンテス帝国の社交界から逃げたかったというのもまた真実である。

ダンテス帝国の帝都にいると、社交界を無視できず面倒な付き合いをしなければならない。

オーギュストはウィンストン王国に留学してからは自由に過ごした。煩《わずら》わしい付き合いもせず、数学だけに向き合ってきた。期限付きの自由だ。あと一年もしたら侯爵として領地を運営しなければならない。デルベ侯爵領は決して豊かとは言えない領地である。オーギュストの父が数多く保持していた爵位の中で、何故デルベ侯爵位をオーギュストに与えたか。それは、オーギュストが数学の研究に没頭して公爵家のことにあまりにも無関心だったため、敢えて貧しい領地を持つデルベ侯爵位につかせ貴族である自覚を持たせたかったからである。

「貴族は民によって生かされていることを忘れるな。領民の生活を守ることは貴族の責務だ」

この父からの言葉により、オーギュストはデルベ侯爵となることになる。

オーギュストはデルベ侯爵になることに異存はないが、エリザベスと出会ってからは迷いが生じていた。エリザベスと離れたくないのだ。だからと言って苦労するとわかっている領地に連れて行くわけにはいかない。彼女には彼女の夢がある。

そもそもオーギュストはエリザベスと恋人同士というわけでもなく、やっと親しくなってきた知人という関係だ。オーギュストは今まで自分から女性にアプローチをしたことがない。する必要がなかったし、そういう気持ちになることもなかった。

オーギュストはエリザベスの研究に対するひたむきな姿勢にまず惹かれた。彼女の美しい姿にも魅力を感じてはいたが、それはピクニックで躓《つまず》いたエリザベスを抱きしめた時に初めて自覚した。抱きしめた女の子は、ストイックな研究者然としたエリザベスではなく、ごく普通の令嬢だった。顔を真っ赤にしてお礼を言う彼女は本当に愛らしかった。そのまま抱きしめていたかったが、さすがに理性が働く。

自分の恋心を自覚したオーギュストはこれからどうすべきか悩んだ。そして今まで自分に恋をした女性たちや男性たちも同じように考えていたのかと思うと、複雑な気持ちになった。


春間近になって、オーギュストはウィンストン王国に戻ってきた。いよいよ観劇に行く日が来たのだ。

エリザベスは朝からそわそわしていて、チャールズに笑われたが怒るに怒れなかった。何故ならば、事前にマデリーンとチャールズに助言を求めていたからである。初めてのデートだ。デートにおけるスマートな作法を知っておきたいというエリザベスの姿は、恋する乙女らしくいじらしかった。

紺色の慎ましいアフタヌーンドレスはエリザベスの白銀の髪と白い肌によく映えていた。そしてアメジスト色の瞳をより美しく輝かせた。髪型はメアリが複雑に編み込んだハーフアップにしてくれ、アクセサリは繊細な金細工で小ぶりの石がついた一揃いのものを身につける。

清楚な感じが大切だとマデリーンにもメアリにも言われたが、エリザベスとしては二十一歳のオーギュストと並ぶには幼いのではないかと不安だった。

しかし、そんな不安はオーギュストの発した一言で吹き飛ぶことになる。

オーギュストはエリザベスを迎えに来ると、驚いた顔をして開口一番にこう言った。

「いつも美しいですが、今日はそれ以上に美しい……」

それを聞いて、エリザベスは恥ずかしいやら嬉しいやらで、もじもじしてしまって、すぐに外套《がいとう》を羽織ってしまった。

その姿を微笑ましくチャールズが見ていた。

「今日は妹をよろしくお願いします」

「ええ、もちろんです。では行きましょう」

エリザベスはエスコートされ馬車に乗る。

「オーギュスト様、お誘いくださりありがとうございます。この日をすごく楽しみにしておりましたの」

「私も楽しみにしていました。貴女が観劇にご一緒してくださるとの手紙が届いた時、嬉しくて護衛騎士相手に剣術の鍛錬をしてしまいました」

「オーギュスト様は、剣術をなさっているのですね。最初にお会いした時、握手をしたでしょう？　その時に、ペンだこではないたこがあったから不思議に思っていたんです。それに優雅に見えた手もすごく大きくて逞しくて驚きました。指も節くれだったところがあって私の指とは随分違うと……」

　エリザベスはここまで喋って、オーギュストの手の感想を本人にべらべらと告げていることに気づいた。これでは、手にフェティシズムを感じる変態のようだ。エリザベスは慌てて弁解をしようとする。

「あの、ごめんなさい、私は決して手の変態というわけではなくて。不快に思われましたよね」

日ごろの観察癖のせいでオーギュストに変態だと思われることになるなんてと、エリザベスはしゅんと項垂《うなだ》れた。

「いいえ、不快になんて思いません。むしろ私の手をそんな風に感じて考えてくれていたことが嬉しい。貴女は本当に可愛らしいですね」

　オーギュストはそう言うと、手を差し出した。

「よかったら、右手と左手を比較してみてください」

　エリザベスは差し出された両手を見比べる。確かにたこの位置が違う、というか右手の方が随分とゴツゴツしている。右利きだから剣も右で持っているのだろう。

「触って比べてもいいですよ」

オーギュストはエリザベスの手に触れた。エリザベスは突然のことに顔が赤くなる。

「私の手は左右でどう違うでしょうか？」

エリザベスはまんまとオーギュストの罠に引っかかった。オーギュストは下心があって手を差し出したのだ。そんなこと露《つゆ》ほども気づかないエリザベスはオーギュストの質問に必死に答えようとする。

「み、右手は見た目通りゴツゴツしていますし、硬いです。オーギュスト様は右手で剣を――」

そう言いかけた時、オーギュストはエリザベスの手を両手で包むように握りしめた。エリザベスが驚いて顔を上げると、オーギュストは真剣な顔をしていた。

「ねぇ、レディ・エリザベス。私もベスと呼んでも構いませんか？」

エリザベスは、大きく目を見開いた。そして黙って頷いた。

「ありがとう、ベス。では私のことはオーギュと呼んでください」

「はい、オーギュ様……」

馬車の中は甘ったるい雰囲気で満たされていた。エリザベスはずっと顔を赤らめて俯いているし、オーギュストはそんなエリザベスをずっと微笑みながら見つめている。

「ベス、顔を上げて？」

「オーギュ様？」

エリザベスは上目遣いになってオーギュストを見つめる。オーギュストがたまらず抱きしめようとしたところで、マーセル劇場に着いた。

オーギュストにエスコートされ、エリザベスは劇場のボックス席に向かった。今までのエスコートとは違って距離が近い。エリザベスはドキドキしっぱなしだ。オーギュストのことで頭がいっぱいになっていたエリザベスは正面から来る人物に気がつかなかった。

「レディ・エリザベス！」

アランがカレンを伴って声をかけてきた。オーギュストはさっとエリザベスの腰に手を回して、挨拶をした。

「これはこれは。アラン殿下。昨年の王宮舞踏会でお会いして以来ですね」

エリザベスはオーギュストの大きな手を腰で感じ、のぼせ上がった。アランやカレンの存在は一瞬でかき消された。

「挨拶もないのか、レディ・エリザベス」

アランに腹立たしそうに言われて、エリザベスはやっと口を開いた。

「ごきげんよう、殿下」

それだけを言うとエリザベスはオーギュストを見上げ、二人は見つめ合った。オーギュストは腰に回した手に少しだけ力を入れ、エリザベスを引き寄せた。

「そろそろ開演の時間ですので失礼します、殿下」

オーギュストとエリザベスが去ろうとした時にカレンが口を開いた。

「ちょっと待ってください。どなたか存じませんけど、王子に対して失礼じゃありませんか？」

「カレン、やめろ」

オーギュストはダンテス帝国の筆頭公爵家の次男であり、ウィンストン王国にも影響を与える家柄の者だ。

苦虫を噛みつぶしたような顔をしてアランがカレンを諫めた。しかし、カレンは納得できなかった。

「でも、アラン様！　私、アラン様が蔑《ないがし》ろにされて悔しくって」

「黙ってくれ、カレン」

エリザベスたちは、そっとその場を立ち去った。オーギュストはボックス席に着くまで、エリザベスの腰を抱いていた。

エリザベスは演目が始まっても、先ほどまでのオーギュストの熱さが身体にまとわりついて、内容がまったく頭に入ってこなかった。

◇◇◇

その日の夜、エリザベスは興奮冷めやらずルアーを三つ作った。

観劇の日を境に、アランとカレンの仲は更に冷え込んでいった。学園で顔を合わすこともほぼない。アランたちには卒業が控えており、何かと忙しいという理由だったが、カレンは納得していなかった。あのジェレミーでさえも学園では一緒にいてくれない。

カレンがアランに会うのは夜のデートの時だけになった。

カレンはアランの態度よりも、エリザベスの存在に苛立っていた。キャンベル公爵邸の薔薇園でエリザベスと会って以来、ベンジャミンもウィリアムもカレンから離れていったのだ。

今でもアランだけは贈り物をくれるし、食事にも誘ってくれる。しかし、ベンジャミンとウィリアムは、カレンと今までのような付き合いはしなくなった。

そもそも、ベンジャミンもウィリアムも婚約者がいるのだから、婚約者以外に特別な贈り物をするのは適切な行為とは言えないだろう。彼らの婚約者は同じ学園に通っているわけでもなく、頻繁に会うわけでもない。だから、近くで飛び回っている美しい蝶であるカレンに手を出しても、大して問題にならないだろうと彼らは踏んでいたのだ。不誠実な男たちである。

彼らがエリザベスに夢中になっているのは一目瞭然だった。しかし、彼らには決まった婚約者がいる。彼らは婚約者のものだ。エリザベスのものになることはない。エリザベスに取られることはないとカレンは安心していた。

カレンは自分の矛盾《むじゅん》した考えには気づかなかった。カレンにとって重要なのは、エリザベスに取られないという点のみなのだ。

しかし、アランには婚約者はいないからエリザベスに夢中になられては困る。エリザベスにはアランより美しい恋人ができたようだが、王子であるアランが求婚をしたら、あの恋人を捨ててしまうかもしれない。

とにかく未来の王子妃になるつもりのカレンにとって、エリザベスは非常に邪魔な存在なのだ。

苛立つカレンに、ジェレミーは親身になって相談に乗った。ジェレミーはカレンを得るチャンスを逃すつもりはなかった。

ジェレミーはカレンにエリザベスを傷つけさせるように誘導した。あくまでも、カレンを主犯として。

天使のような美少年のジェレミーは、かつてのエリザベスと同類の人間だった。ただし、エリザベスとは異なり、彼には行動原理がある。カレンを得るためという強い動機があるのだ。

一方、エリザベスは目障《めざわ》りなカレンを殺害すること自体を目的としていた。その先に生じる結果には頓着《とんちゃく》しなかった。

「カレン、君はアラン殿下とエリザベス様をどうしたいの？」

「もちろん、二人が婚約できないようにしたいわ」

「どうすればいいと思う？」

「エリザベスが邪魔なのよ」

「邪魔なんだね」

「エリザベスなんか、いなくなればいいのよ」

「どうしたらいなくなるかな？」

「殺す、というのは無理ね」

「無理だね」

「うーん、婚約できなくすればいいのよね」

「そうだね、エリザベス様が婚約できなくなればいいんだよ」

「ああ！　そうだわ、エリザベスを傷物にすればいいのよ！　すごく簡単なことだわ」

ジェレミーはカレンの口からエリザベスを傷物にするという言葉を引き出した。

「カレン、本気なの？」

「もちろんよ。私の夢だもの。アラン様のお嫁さんになって、お妃様になるの」

ジェレミーはカレンが発したお嫁さんという素朴な単語も、無謀《むぼう》な夢も可愛いと思った。こんな滑稽《こっけい》極まりない夢を見るようになったのは、現王太子ランスロットのせいだろう。ランスロットが隣国の王女とではなく学園で出会った伯爵令嬢ミリエルと結婚したのは、若い女性にとって最高のロマンスだ。ランスロットは罪深いことをしたものだとジェレミーは思わずにはいられない。

「うーん、僕も手伝いたいけど難しいな」

「お願い、ジェレミー。私一人じゃ無理だもの」

「わかった。僕も君の手助けするよ。僕の知り合いに掛け合ってみるよ。僕は何もできないけど」

「十分よ！　ジェレミーありがとう！」


ジェレミーは計画通りに事が運び、喜びに震えていた。ジェレミーもかつてのエリザベス同様、裏社会との繋がりがある。ジェレミーは実家のヘレフォード商会の医薬品、主に痛み止めとして使用される薬剤を横流ししていた。純度が高く入手困難な代物《しろもの》であり、麻薬として高値で取引されている。

ヘレフォード商会はジェレミーの祖父の代で急激に成長した。男爵位を得たのも祖父である。幼い頃からジェレミーは祖父から商会の仕事を教え込まれていた。会長の子息だからと従業員に威張《いば》るわけでもなく、商会の倉庫の片付けや掃除も進んで手伝っていた。家庭でも嫡男だからと言って異母兄弟に冷たく当たることもなく、思いやりをもって接していた。ジェレミーは家族からも従業員からも信頼が厚く、その美しい容姿で愛されていた。ゆえに薬剤を横流しするのも難しくはなかった。たとえバレたとしても、困っていた友人を助けたとでも言えば後継から外されるだけで済むだろうと踏んでいた。そもそもバレるような量を横流ししたりはしない。

ジェレミーはカレンのために、エリザベス暴行の計画を立てた。

アランとの夜のデートの回数も減ってきた頃だった。カレンは親指の爪をかじりながら、いつものようにジェレミーに愚痴《ぐち》を言う。ジェレミーはそれを聞きながら、鞄《かばん》から報告書を取り出した。

「カレン、僕の知り合いが調べてくれたんだ」

ジェレミーはそう言うと、エリザベスの行動調査を記した紙束をカレンに渡した。

「エリザベス様、毎週末にパル村というところに出かけていることがわかったよ」

「パル村ってどこかしら？　聞いたことないわ」

「王都から馬車で一時間ほどの田舎だよ」

「じゃあ、その道中に攫《さら》えるんじゃない？」

「どうだろう。目立たず攫《さら》えるような、そんなに都合のいい場所あるかな？」

「調べてよ！　ジェレミー！」

「分かったよ。僕のお姫様。じゃあ、その都合のいい場所があったとして、それからどうする？」

「お金を握らせて、ならず者に襲わせるわ」

「カレン、お金あるの？」

「……ないわ。あ、そうだこの髪飾り、ベンジャミンから貰ったんだけど、これで雇えないかしら？」

カレンは髪飾りを外してジェレミーに渡した。この髪飾りでは全然足りないとジェレミーは値踏みする。

「うん、とても素敵な髪飾りだね。十分足りると思うよ」

ジェレミーはそう言うと、髪飾りをポケットにしまった。ジェレミーはカレンから渡された髪飾りで、その筋の者を雇うように知人に頼むと言った。

「カレンの計画は、エリザベス様がパル村に行く道中にならず者に襲わせるってことだね」

遠足の計画を立てるかのように楽しそうにしているカレンを見て、ジェレミーはほくそ笑んだ。

「そうよ。髪飾りも渡したし、あとはお願いね」

「僕は知人にお願いするだけだから、何かできるわけではないけれど……」

「ううん、十分役立ったわ。ありがとう、ジェレミー」

カレンはそう言うと、ジェレミーの頬にキスをして部屋から追い出した。カレンとジェレミーはカレンのゾウチ男爵家の邸で夜に会っている。カレンがアランと付き合うようになってからは他の男を邸に入れるなと男爵から注意をされたため、カレンは夜が更けてからテラスからこっそり男たちを出入りさせるようになった。幸いにもカレンの部屋は一階だった。そこにゾウチ男爵の思惑があるのかないのかは分からない。

ジェレミーはキスされた頰を指で触りながらカレンの部屋を庭から見つめた。

カレン、君は僕のものになる。


鈍色《にびいろ》の空が重く垂れ込める休日の朝のことだった。エリザベスへの襲撃は用意周到に行われた。

エリザベスはメアリと共に一人の御者《ぎょしゃ》が操る馬車に乗っており、外には護衛が二名いた。パル村へ行くには途中で森の木々に覆われた道を通り抜ける。その視界の悪い道は馬車でおおよそ三分間程度の短い距離で、しかもこの辺りは治安がよく犯罪も少ない。そんな油断があったのだろう。

十数名ものごろつきが馬車を襲った。護衛も御者もあっという間に捕らわれた。一人のごろつきが馬車の扉を乱暴に開けると、エリザベスを庇《かば》おうとしたメアリの髪を摑んで馬車から放り出す。エリザベスは抵抗する間もなく顔を殴られた後、鳩尾《みぞおち》に重い衝撃を感じるや否や気を失った。


エリザベスが意識を取り戻すと、そこは幌《ほろ》付きの荷馬車の中だった。両手両足はきつく縛られ、猿轡《さるぐつわ》を嚙ませられていた。先ほどまで乗っていた馬車とは違い、ガタガタと酷く揺れる。

――攫《さら》われたのね。メアリたちは大丈夫かしら。ああ、頬が痛いわ。まあ、歯は折れてないし大した問題ではないわ。しかし、足がつきそうな杜撰《ずさん》なやり方ね。目的は何かしら。それによっては殺害もあり得るわね。

私ならもっと上手くやれるのに……。

いいえ、私はそんなことしないわ！　今の私は違うのよ！

ええ、私は悪事を為さない、善行を為すガリ勉令嬢なんだから。

エリザベスは冷静だった。

しばらくすると、馬車が止まった。

エリザベスの鼻孔を懐かしい臭いがくすぐる。

――ここは、あの地区だわ。

そう、かつてのエリザベスが死んだ、最貧困地区だった。

すえた臭い、腐臭、糞尿の臭い、何もかもが懐かしい。そして辛く、悲しい。

――あの子持ちの娼婦アンナは元気かしら？


ごろつきはエリザベスを肩に抱え、長屋の一部屋に投げ入れた。

「ここじゃ、叫んでも誰も気にしやしない。ああ、猿轡《さるぐつわ》かましたから、叫べないか！　綺麗なお嬢ちゃん。恐怖でちびったか？　ははは」

エリザベスはよく喋るごろつきだと思った。

彼女はまだ冷静だった。


――恐らく、これから私は襲われるわね。

複数の男に嬲《なぶ》りものにされる。

私がやった非道なことのうちの、一つね。


エリザベスは己の罪を思い出す。


――私は襲われなければならない。

罪を罪として認識したからこそ、襲われることにも意味が見出せる。

絶望しなければならない。

かつて私が襲わせた令嬢たちのように。

エリザベスは覚悟を決めていた。

その姿は凜《りん》として美しかった。


そんな様子を見て、ごろつきたちは気味が悪くなってきた。

「さ、さあ、さっさとヤッちまおう」

薄汚く悪臭のする男たちがエリザベスの縄を切って猿轡を外した。

「大人しくしときゃお前も気持ちよくさせてやる。楽しませてやるぜ！」

「こんな上物なかなか味わえないぞ！　お前たちすぐに壊すなよ！」

男たちの下品な笑い声が狭い部屋を埋め尽くす。


エリザベスは身動《みじろ》ぎ一つしなかった。

静かに目を閉じた。

男たちの汚れた黒い手によって、服が裂かれていく。


――オーギュ様、オーギュ様！

その時、エリザベスの目から涙が溢れた。

――愛する人がいた女性たちの絶望が、分かった。

かつてのエリザベスは、残虐な方法で暴行された上に複数の男たちに嬲《なぶ》りものにされたが、その時はただただ恐怖と痛みと憤りだけがエリザベスの感情を支配していた。

そして、ぼろぼろになった後は、男たちが、いや男たちだけでなく人間が怖くなった。人に触れられるのが恐ろしかった。

それにもかかわらず、娼婦として糊口を凌がねばならないのは、エリザベスにとって最も効果のある拷問であった。

――私は、私は……許されない。

汚された女性たちは、きっと愛する者の手にすら触れることができなくなったのだろう。それは、相手に対する心咎めもあっただろうが、愛する者の手さえ恐ろしくなったのではないだろうか。

立ち直った女性たちは、どんなに大変だっただろう。

自死を選んだ女性たちは、どんなに絶望しただろう。


エリザベスは、己の犯した罪の本質を知った。


エリザベスが覚悟を決めた、その時だった。

複数の騎士を連れたアランと、そして異能者が現れた。

ごろつきたちはエリザベスを襲う直前ということもあり油断していたのだろう、屈強な騎士たちによってあっという間に捕縛《ほばく》された。暴れるごろつきたちを長屋の外に騎士たちが連れ出す。ごろつきたちが出て行った後に残ったのは、エリザベスとアランと異能者のみだった。

アランは服を裂かれ、下着もところどころ破られているエリザベスに上着をかけて抱きしめた。

「もう大丈夫だ。君が攫《さら》われたと聞いて、俺はやっと気づいた。俺は君が――」

異能者がアランの言葉を遮り、甲高い声で言った。

「アラン殿下、官警たちも間もなく来ますよ。こちらのご令嬢にご負担になりますので、すぐにここから立ち去った方がよろしいでしょう」

侯爵令嬢が未遂であれ襲われたという醜聞《しゅうぶん》は、貴族社会では致命傷となる。できるだけ話がもれないようにしなければならなかった。またこの姿をこれ以上、晒させたくない。

エリザベスはアランに大切に抱きかかえられて、馬車まで移動した。アランはエリザベスの涙を優しく拭った。そして頬の殴られた跡や手首や手足の縛られた跡を痛ましげに見てそっと触れた。

「怖かっただろう。とりあえず俺の別邸に行こう。侯爵家にはもうじき連絡が行くはずだ」

「殿下、助けてくださってありがとうございます……」

エリザベスは不思議に思った。何故アランがここに現れたのかと。

「どうして私が攫《さら》われた先が分かったのですか？」

喋るたびに口から血が少し流れる。口の中を思ったより大きく切っていたようだ。しかし痛みを感じる余裕はなかった。かつてのエリザベスが嬲《なぶ》りものにした女性たちは一人として誰にも助けてもらえなかった。何故自分だけが助かったのかと煩悶《はんもん》する。助かるべきではなかったとすら思う。

アランはハンカチでエリザベスの口をそっと押さえた。

「喋らない方がいい。……君が攫《さら》われた後、すぐに連絡が来た。たまたま俺の知人が遠乗りに行っていて、君を乗せた馬車が襲われるところを目撃したんだ。ヴィリアーズ侯爵家の紋章のある馬車だったこともあり、彼はすぐに早馬で王都まで戻って報告してくれた。襲撃を受けた現場にはすぐに官警が駆けつけたが、女を一名、男を三名確認しただけだった」

メアリと護衛と御者だ。エリザベスは彼らの安否を訊きたかった。その表情からアランはエリザベスの意を汲んだのだろう。

「彼らは命に別状はないとのことだ」

エリザベスは胸を撫で下ろした。

「君は優しいな。こんな状態になっても使用人のことを気にするとは」

襲撃のターゲットはエリザベスだ。彼らを巻き込んでしまって申し訳なく思うのは当然だろう。護衛がエリザベスを守れなかったことで咎を受けぬようにしなければならない。あの人数では仕方がないことだった。パル村に行くことを決めたのはエリザベスだ。自分が負うべき責任だとエリザベスは考えていた。

「俺はその現場には行っていないから詳しいことは分からない。直接、君が連れ去られた先に行ったんだ」

エリザベスは何故連れ去られた場所が分かったのだろうかと瞠目《どうもく》した。

「君の居場所が分かったのは異能者のおかげなんだ。先ほどまで一緒にいた男がそうだ」

エリザベスはアランの口から異能者という言葉が出てきて、この国の先行きが不安になった。秘匿すべき存在の異能者をあまりにも簡単に語る王族というのは、いかがなものか。

「ああ、異能者というのは特殊な能力を持つもので王族しか知り得ない。だからこのことは口外しないでほしい。彼は人の居場所を見つけるのが得意なんだ。人だけじゃない、鉱脈や水脈の場所も当てられる」

アランは異能者についての説明を続けた。エリザベスは本気でアランの頭を心配した。勉強はできるそうだが、たかが侯爵家の娘に重要な情報を与えすぎだ。もしかしてカレンも色々と聞いているかもしれない。ハニートラップに引っかからないか心配になってきた。我が国の国家機密漏《ろう》えいの危機だ。

馬車は、王都の外れにある小さな邸の前で止まる。アランが所有する隠れ家だ。母方の祖父から譲り受けたもので、小さいが瀟洒《しょうしゃ》な建物だった。

アランはもう大丈夫だと言うエリザベスを強引に抱きかかえて、邸に入った。二階の客室のソファまで運ぶと、メイドたちに世話をするよう指示する。エリザベスはメイドに湯あみを手伝ってもらい、用意された真新しい簡素なドレスに着替えた。サイズが調節できるタイプのドレスだ。その後、エリザベスは隠れ家にやってきた医師の診察を受けた。大きな怪我は顔の殴られたところだけだったが、細かい傷が腕や脚にあり、丁寧に処置された。

一息ついたエリザベスは部屋を見渡した。恐らくアランの恋人のために用意された部屋だろう。化粧台には、中身が少し減った香水が数種類置いてあった。

この状況にあって、エリザベスは異能者に会えたことに感謝した。

――災《わざわ》い転じて福となったわ！　あの地区に井戸を設置できるかもしれないわ。

でも、いきなり最貧困地区の水脈当ててくださいって言うわけにもいきませんし。

とりあえず異能者と話をさせてもらえるよう、アラン殿下に頼みましょう。

エリザベスは襲われた恐怖も、かつてのエリザベスの罪の重さも、異能者に会えたことで一時忘れてしまった。

エリザベスは切り替えが早い令嬢である。この切り替えの早さが悪逆非道を尽くすのに役立ったのは言うまでもない。犯行がいつも計画通りに進むわけではない。臨機応変に対応することによって、その時その時の最善を尽くしていたのだ。

次善ではなく最善を尽くすのが、かつてのエリザベスのモットーだった。もっともエリザベスの場合は、最善ではなく最悪を尽くしていたわけだが。

アランがノックをして部屋に入ってきた。

「その、怪我の具合はどうだ？」

いつもの勢いもなく、アランが心配そうにエリザベスに尋ねる。

エリザベスは、少しだけ口の端を上げてお礼を言った。

「助けていただいてありがとうございます。怪我は顔を殴られただけですし、他の傷は細かいものばかりですので大丈夫です。跡も残りませんわ。腫れが治まるまでは学園は休まないといけませんが。こんな顔ではみんなに驚かれてしまいますもの」

「無理はしなくていい。気丈な振りもしなくていい。辛かっただろう。これからは俺が君を——」

アランが何かを言いかけた時、扉がノックされた。

「殿下。チャールズ様がおいでになりました。殿下のご指示通り、こちらの部屋にお通しします」

チャールズが勢いよく入室し、エリザベスをすぐさま強く抱きしめた。眦《まなじり》には涙が浮かんでいた。

「ベス！　無事なのか？　その顔はどうした？　なんで襲われたんだ？」

「お兄様、心配かけてごめんなさい。私もよく分からないの。でも殿下が助けてくださって、この通り無事よ。頬を殴られただけですし」

「殴られただって？　誰が殴ったんだ！　殴った奴を殺したい」

エリザベスは言葉を失った。優しい兄チャールズの口から殺したいという言葉が出るとは思ってもみなかったのだ。どう考えても、殴られただけで殺すとは過剰な報復である。エリザベスは変なところで律儀だった。

「お兄様、落ち着いてくださいませ。メアリたちの様子はどうですか？」

「ああ、多少怪我はしているが問題ない」

「よかった……」

エリザベスは安堵した。

「アラン殿下、妹を助けてくださりありがとうございます。心より感謝しております。後日、改めてお礼に伺いますので、本日はこれにて失礼いたします」

「アラン殿下、本当にありがとうございました」

エリザベスとチャールズはアランに礼を言うと、隠れ家を後にした。


その日の夕方、連絡を受けたオーギュストがヴィリアーズ侯爵邸を訪れた。

エリザベスは自室のベッドで医師の指示通り安静にしていた。オーギュストはエリザベスの部屋に入るや否や彼女に駆け寄る。

「ベス、知らせを受けて生きた心地がしなかった。本当に大丈夫かい？」

オーギュストはベッドに腰かけ、優しくエリザベスの手を握る。

「ええ、頬の腫れが酷いのでしばらく自宅から出られませんが、それ以外は問題ありません。お医者様に二、三日間は安静にするように言われて、仕方なくベッドにいますの」

ごろつきに服を破かれ襲われそうになったことはオーギュストには言わなかった。

そして今回の件は、表向きには身代金目的の誘拐未遂事件として扱われることになった。エリザベスは攫《さら》われる前に助かったとされている。

オーギュストの節くれだった長い指が、エリザベスの頬を撫でる。エリザベスはオーギュストの蒼い目を見つめた。

「オーギュ様。私には秘密がありますの」

エリザベスは思いつめた顔をして語りはじめた。

「きっとオーギュ様は私を軽蔑なさるわ……。いえ軽蔑なんて可愛いものじゃ済まないでしょう。私の存在自体を憎悪なさるわ」

今回のことで異能者に会えたことは棚から牡丹餅《ぼたもち》だと喜んではいたが、一方でかつての自分の非道な行為の罪深さを身をもって知ることとなった。

恋を知ったエリザベスは、愛するオーギュストと幸せになることはできないと強く思った。

——何故人生をやり直ししているのかは分からない。不可思議な現象だとは思う。

そこになんらかの意味を見出すならば、私は罪を贖《あがな》いたい。

「私がベスを嫌いになることはないよ。何を知ったとしても」

「いいえ、嫌いになります。本当の私は罪深い人間なんです」

二人の間に長い沈黙が流れた。

オーギュストは溜息をついた。

「その罪とやらが、肥料作りに携わるきっかけになったのかな？」

エリザベスは目を見開いた。

「……そうです」

少し間を空けてエリザベスは言葉を発した。

「もうオーギュ様とはお会いしません。いえ、お会いできません。肥料の件に関しては、マデリーンお姉様を通してください」

エリザベスはオーギュストの反応が怖くて俯いたまま続ける。

「今まで幸せでした。オーギュスト。貴方との出会いがなければ、私は自分の罪の本質に気づかなかった。私はとんでもない人間なんです。貴方に優しくされる資格なんてない、酷い人間なんです……！」

「そんな辛そうな顔をして言われても、説得力がないよ」

オーギュストはエリザベスを優しく抱きしめた。

そして、低い声で耳元に囁いた。

「私にもその罪を背負わせてくれないか？」

エリザベスは予想外の言葉を聞いて、涙が溢れて止まらなくなった。

オーギュストはエリザベスが泣き止むまで、抱きしめていた。

エリザベスは落ち着いた後、少しずつ、ゆっくりと、かつての自分の罪をオーギュストに話した。一つ一つの犯罪が重すぎて言い淀む。それでも続けた。

いかに自分が非道な人間かをオーギュストに知らしめねばならないと思った。

オーギュストの好意がこれ以上自分に向けられないようにしなければならない。

オーギュストを愛しているからこそ離れるべきだと。

「俄《にわか》には信じられないが、君は多くの罪を犯して二十三歳でこの世を去ったのに、また生まれ変わったと」

「ええ、正確には五歳時に戻っていました」

「今の私より年上だったとはね」

オーギュストは苦笑いをした。そして十四歳の少女とは思えない行動に納得がいった。

「それで、どうして糞尿で肥料作りを始めたのかな？」

「それは昨日連れ去られた場所でもある最貧困地区の環境改善のためなんです」

エリザベスは上下水道が整備されていない地区に安全な飲み水の提供をし、糞尿を処理するという計画を話した。

「なるほど。しかしなんでベスはその地区に拘るんだい？」

さすがに路上で娼婦をして行き倒れたとは言えない。己の罪のことは告げることはできるが、受けた罰については語る気にはなれなかった。困った顔をしたエリザベスを見てオーギュストは言う。

「無理して言う必要はないよ。すべてを聞き出したいわけではないんだから」

「……お気遣い、感謝します」

オーギュストは手を顎《あご》に当てて、考え込んだ。

「結局のところ、ベスは何も罪を犯していない。ならば、ベスの言うところの贖罪自体が成り立たない。存在しない罪に対して、誰に何を贖うんだい？」

「それは……」

エリザベスは言い淀む。

「私は人生をやり直しているから罪を犯していないだけです。潜在的に犯罪に走る何かが私の中にあると思うのです」

「それは可能性にすぎないよ。現にベスは罪を犯していない」

エリザベスは、エリザベス自身が怖かった。かつての自分も今の自分も、同じ人間なのだ。

縋《すが》るような目をして、オーギュストに聞いた。

「私はどうすればいいのでしょうか」

オーギュストは笑顔で答えた。

「今まで通りでいいんじゃないかな。ベスが人の役に立つと思う行動をし続ければいい。そして、そこに罪の意識を持つ必要はない。ベスは幸せになっていいんだ」

「本当にそう思われますか？」

「私はベスに幸せになってほしい。それが私に対する、ベスの言うところの善行になりうるんじゃないかな？」

オーギュストはエリザベスを再び抱きしめた。

エリザベスはオーギュストに救われたのだ。

エリザベスはオーギュストと離れがたかった。

「ベス、もう休んだ方がいい。明日も会いに来るよ」

オーギュストはエリザベスのおでこにキスを落とした。エリザベスにとって初めての口付けだ。

「……!!」

エリザベスは顔を真っ赤にして、言葉が出ない。

「ああ、本当にベスは可愛い。お休み」

オーギュストは蕩《とろ》けるような笑顔を見せた。

「お、お休みなさい……」

エリザベスはどうにか応えた。

オーギュストが帰った後、傷病休暇を貰ったメアリがエリザベスの部屋を訪ねた。メアリの怪我は打ち身だけだったようで、エリザベスはその姿を見て安心した。逆にメアリはエリザベスの顔を見て、小さく悲鳴を上げて泣いた。メアリはエリザベスの身に何があったかを知らない。殴られて誘拐されそうになったところを助けられたとだけ伝えられている。

「お嬢様、申し訳ありません。お守りできずに」

「ううん、大丈夫よ。メアリが無事でよかった。他のみんなの怪我の具合は？」

「みんな打撲《だぼく》だけですよ。私たちはすぐに縄で縛られて道に転がされ放置されていましたから。ならず者たちはみんなどこかへ行きましたわ」

エリザベスはあまりに杜撰な犯行に疑問を覚えたが、今日は疲れたのでそれ以上考えることはやめた。

エリザベスは、顔の腫れが落ち着くまで学園を休むこととなった。

ルアーを作りながら、何度もオーギュストの言葉を反芻《はんすう》する。

――私は幸せになっていい。

すでに幸せなのに、更に幸せになっていいのか。

そんなことを考えて、手を止めた。

――私が今、幸せなのはみんなのおかげだわ。私を愛してくれる人たちがいるから。

かつての私も愛を知っていれば、悪逆非道の道を辿らなかったのかもしれないわね。

だからと言って両親を恨んでいるわけではない。むしろ放っておいてくれたおかげで自由気ままに行動できたことを感謝していたくらいだ。

両親には両親の育った環境があった。

例えば、父リチャードはエリザベスの祖父に当たる侯爵に捨てられた庶子《しょし》だった。後継ぎが相次いで亡くなったために侯爵家に引き取られた過去を持つ。母親は産褥熱《さんじょくねつ》で亡くなり、赤ん坊の頃から親を知らずに育った。領地のカントリーハウスから少し離れた小屋で、使用人の手によって最低限の世話だけで生きていたらしい。

かつてのエリザベス同様、リチャードは愛情を受けることなく育った。しかしエリザベスとは異なり、リチャードは悪逆非道な行為を楽しむような人間ではない。貴族としての矜持をもって仕事をし、愛人を作るようなこともしない、謹厳《きんげん》実直な人間だ。そしてリチャードは並はずれた努力の末、国王陛下にも一目置かれる存在になったのだ。

愛を知らないからと言って、すべての人がかつてのエリザベスのような残忍な人間になるわけではない。

リチャードからすれば、エリザベスは十分すぎるくらいに恵まれているだろう。両親が揃っていて、嫡出子として育ち、使用人に傅《かしず》かれて生活をしている。どれもリチャードが欲しても得られなかったものだ。

――お父様とお互いに理解し合うのは難しいと思う。

だけれども許容し合うことはできるはずだわ。

エリザベスの生活は相変わらずだったが、両親への接し方は変わった。母オフィーリアは不在がちで会う機会がなかったが、父リチャードには無視されても無下《むげ》にされても、しつこく話しかけるようになった。

◇◇◇

エリザベスが襲撃された日の夕方、ちょうどエリザベスがオーギュストにかつてのエリザベスの罪を語っていた時だ。事件の首謀者であるカレンはアランを待っていた。一緒に食事に行く予定だったのに、いつまで待ってもアランは来ない。今までならば急用ができたら必ず使いの者が連絡に来ていたのに、それすらない。

カレンは苛立っていた。ドレスアップしてアランを待っているとジェレミーがテラスから現れた。

「ジェレミー、今日はアラン様とデートの日よ！　知ってるでしょ！　バカ！」

カレンはアランでなくジェレミーが来たため、彼に八つ当たりをする。

「殿下は来ないよ、カレン」

「どういうこと？」

「レディ・エリザベスへの暴行が失敗したんだよ。殿下が彼女を助けたんだ」

カレンはジェレミーに摑みかかった。

そして叫んだ。

「なんで……なんで殿下が知ってるのよ？　ジェレミー、あなたが裏切ったの⁉」

「僕じゃないよ。でも君の犯行だということが明るみに出るのは時間の問題だね」

――そう、殿下に知らせたのは僕ではない。

殿下に近しい者が偶然にもあの道を遠乗りで通った。偶然にも侯爵家の馬車が襲撃されているのを見た。それだけのことなのだ。そしてその殿下に近しい者は、殿下がエリザベス嬢のことが好きであることを知っていた。


「冗談じゃないわよ！　私は何もやってないわ！」

「ならば、そう殿下に訴えるといいよ」

「だって証拠がないもの。それに私がそんなことするなんて殿下は信じないわ」

ジェレミーは憐れむような目でカレンを見つめた。

「カレン、もし殿下が君を捨てるようなことがあったら、僕が君を拾うよ」

「バカにしないでよ！」

カレンはジェレミーの頬を平手で叩いた。

ジェレミーは叩かれた頬を擦って微笑んだ。

「君は絶対僕のものになるよ」

そう言い残して、ジェレミーは去った。

その頃、アランは宮殿の自室にいた。エリザベスを隠れ家から帰した後すぐに王宮に戻った。

エリザベスへの暴行を企《くわだ》てた者に対する怒りで平静を保っていられない。

騎士が捕らえたごろつきどもは、雇い主のことをまったく知らなかった。酒場で飲んでいたら、いい話があると身なりの良い中年の男に持ちかけられたらしい。依頼料は破格だった。またごろつきどもは適当に集められたもので集団組織でもなかった。いわゆる寄せ集めだったのだ。今は声をかけられた酒場などで聞き取りを行っているが、未だに手掛かりはない。

一刻も早く首謀者を見つけ出したいアランは異能者を自室に呼んだ。

「それで、手引きした者は誰かわかるか？」

アランは異能者に訊く。長い脚を組み直してアランは答えを待つ。

エリザベスが連れ去られた場所を当てた異能者の四十代半ばの男は、平凡な容姿をしている。

幼い頃にその才を見出され、王家に仕《つか》えるようになった。

かつてのエリザベスのカレン殺害未遂においても活躍し、そしてエリザベスに呪《暗示》いをかけた異能者である。

異能者は眼孔を一瞬光らせた。

「殿下。殿下がよくご存知のお方ですよ」

「勿体ぶらずに、さっさと言え」

「おやおや、殿下。私は王家に仕える身ではございますが、私用目的では困りますねぇ」

異能者はいやらしい笑みを浮かべ、アランを見た。

アランは金子《きんす》がずっしりと入った袋を渡した。

異能者はニタニタと笑みを浮かべて金子の入った袋の中を確かめる。そして言った。

「殿下の女でございますよ」

「……カレンか！」

「嫉妬《しっと》に囚われた女は、げに恐ろしきものですなぁ」

「信じられん……！」

アランには、カレンがそんなことをするとは思えなかった。しかし、異能者の言うことは絶対だ。現にエリザベスの居場所を当てた。

「ご苦労だった。もう下がっていい」

異能者を退出させ、一人で部屋に籠《こも》る。

アランは、最貧困地区の不潔な長屋で汚されそうになっていたエリザベスの姿を思い起こした。

ぼろぼろになった服に、露になった白い肌、乱れた髪、殴られた跡、手足の傷……。

アランはカレンが本当に手引きをしたのならば、カレンを決して許すことはできないと拳《こぶし》を机に叩きつけた。


翌日、アランは学園でカレンに会うことにした。

冷静を装っていたが顔がこわばっており、それをベンジャミンが眼鏡を指でくいっと上げながら指摘した。

「殿下、どうしたのです。何かありましたか？」

「そうですよ、腹でも下しましたか？」

ウィリアムも心配していた。

二人とは長い付き合いなので、僅かな表情の変化にも気づかれてしまう。

「ちょっと確認したいことがあってな」

アランは彼らと共に、カレンが待つ貸し切りのサロンに行った。いつもより足取りが重い。

テラスではすでにカレンがテーブルについていた。


カレンはアランの姿を認めると、挨拶もなくアランに話しかけてきた。

「アラン様！　昨日、ずっと待ってたんですよ。約束をすっぽかすなんて酷いです！」

カレンは頬を膨らませて怒った振りをする。

以前ならば、拗《す》ねる姿も可愛く目に映り、機嫌を直すために花や装飾品をアランたちは与えたものだ。

「カレン、レディ・エリザベスのことだが、心当たりはあるな？」

カレンの顔色が変わった。

「なんのことですか？」

カレンは明らかに動揺していた。

アランはその姿を見て、異能者が言う通りカレンがやったのだと確信した。

「カレンは何もしていないと言うんだな」

「なんのことかわかりません！」

アランは溜息をついた。

「俺のせいだな、カレン。……ベンジャミン、ウィリアム、カレンを隠れ家へ連れて行ってくれ」

二人は事情が分からないまま、アランの指示通りにカレンを隠れ家に連れて行った。

アランはしばらくサロンで項垂れて座っていた。

「俺のせいだ。エリザベス、すまない」

手で顔を覆って、アランは一人呟いた。


無理やり馬車に乗せられたカレンはベンジャミンとウィリアムに向かって一人喋っている。

「授業はどうするの？　サボるのはよくないと思うんだけど。ねぇ、ベニー、ウィル。なんだか、アラン様、変だったけど、大丈夫かしら？」

ベンジャミンは先ほどのアランとカレンのやり取りから、カレンがエリザベスに何かしたのだろうと見当をつけていた。この女はエリザベスに一体何をしたのだろうかと、冷ややかな目つきでカレンを見る。

ウィリアムは状況をよく理解していなかった。しかし、アランが怒っているのと同時に悲しんでいるのは分かった。この点においてはウィリアムの方がベンジャミンよりも鋭いと言えよう。

「ねぇ、なんとか言ってよ！　ベニー、ウィル！」

「悪いが、愛称で呼ばないでほしい。勘違いされては困る」

ベンジャミンが冷たい声で言った。その様子に、いよいよ自分の立場が危うくなってきているとカレンは実感した。

挽回したいが、どうすべきか。

カレンは喋るのをやめた。


アランの隠れ家に着くと、庭に面したサロンに通された。いつもなら、ここのソファでアランと寄り添って座るのだが、今日は一人で座らされていた。

ベンジャミンは窓際に立って庭を眺めている。ウィリアムは黙って茶と菓子を食していた。

しばらくすると、アランが入ってきた。

「アラン様、一体どういうことなの？」

アランはカレンをじっと見据えた。

「カレン、お前はエリザベスを狼藉者《ろうぜきもの》に襲わせたな」

ベンジャミンとウィリアムは目を見開いた。

「なんのことだか分からないわ」

「あくまでも、しらを切るつもりか」

「私を信じてくれないの？　私は何もしてないし、そんなこと知らないわ」

カレンは声を震わせながら、訴えた。

「何故、そんなことをした？」

「してないわ。私はそんなことしてない……信じて」

アランは溜息をついて言った。

「カレン、お前は俺の恋人だった。官警に引き渡すようなことはしない」

カレンは青ざめた。

アランは恋人だったと言った。つまりはもう恋人ではないということだ。

「お前にこんなことをさせたのは、俺だ。俺がお前に期待させたんだ」

アランは声を低くして、言い放った。

「お前をもう愛していない。むしろ憎んでいる」

カレンは床に膝をついた。

もう、おしまいだと。

「殿下。詳しくお話を聞かせてください」

ベンジャミンが静かに尋ねた。

「……カレンをこの邸にしばらく置く。後でお前たちにも話そう」

アランの指示によってカレンは軟禁されることになった。


カレンの父であるゾウチ男爵には今回の件は被害者の名を伏して伝えられた。これはヴィリアーズ侯爵の意向を汲んだ結果である。ゾウチ男爵はその場でカレンとの縁を切ると言い、カレンについてはどのように扱っても構わないとも言った。実際にカレンは男爵家からすぐに勘当された。


カレンの母は平民でゾウチ男爵の愛人をしていた。郊外の一軒家で囲われて、一般的な平民よりも豊かな暮らしをしており、使用人も二名いた。カレンも何不自由なく育ち、女学校にも通っていた。時折訪れる父親は優しかったし、カレンに甘かった。

カレンは母親譲りで美しく、可愛い姿をしている。波打つ金髪に大きな蒼い目、少し童顔で華奢なところは庇護欲をそそる。女学校に通っている時にも付き合っていた男性はいた。相手は大きな貿易商の息子で見目もよかった。

昨年カレンの母親が病に倒れこの世を去り、カレンはゾウチ男爵家に引き取られることになる。ゾウチ男爵には正妻がおり、息子と娘がそれぞれ一人ずついた。息子は領地に居を構え、そして娘は結婚して嫁いでいたために、ゾウチ男爵のタウンハウスには男爵夫妻しかいない。カレンを引き取ることになった際、ゾウチ男爵の妻は息子のところに身を寄せた。

カレンはゾウチ男爵家に引き取られて浮かれた。憧れの貴族になれると。

カレンは女学校に通っていたが、貴族の娘になったのだからと王立学園への編入を希望した。王立学園は王太子と王太子妃が運命の出会いをしたところだ。私にもきっとそんな出会いがあるはずだとカレンは夢見た。そして付き合っていた男とは別れた。貴族の自分に相応しい相手と結婚しないといけないからと。

一方のゾウチ男爵は、この見目のいい娘には利用価値があると睨んで学園に編入させた。そして、それは期待通りの結果をもたらした。男爵はカレンからアランとの関係を聞き、ゆくゆくはアランの愛妾になれるだろうと満足していた。カレンが愛妾になってくれれば、王室から何かと便宜《べんぎ》を図ってもらえる。

ゾウチ男爵は間違ってもカレンが正妃になれるなどとは考えたこともなかった。

カレンだけが夢見ていたのだ。

アランの隠れ家でいつも利用している客室に閉じ込められたカレンは、ソファの上で膝を抱えて今後のことを考えていた。

なんでこんなことになったのか。

あんなことしなければよかった。

今からでも罪を認めて謝れば、この状況を好転させることができるかもしれない。

カレンは最後の望みにかけた。カレンは前向きで明るい女の子として愛されていただけあって、ここに至っても前向きだった。


カレンが軟禁されて三日目に、アランたちは再び隠れ家を訪れた。

カレンは泣きながら、彼らに訴えた。

「ごめんなさい。私、あんなことになるなんて思ってなかったの。ちょっと怖がらせたかっただけなの。ジェレミーに唆《そそのか》されたの」

そこで、ベンジャミンが話を遮った。

「何を言っている？　ジェレミーは田舎で静養中だ。君がレディ・エリザベスを襲う前から」

「嘘！　ジェレミーは王都にいたわよ！」

ウィリアムが不思議そうな顔をした。

「カレン、お前も知ってるだろう？　一ヶ月ほど前から学園を休んでいたぞ。俺、保養地にいるジェレミーから手紙も貰ったし」

「この期《ご》に及んで、まだ罪を認めないのか。カレン。お前には失望した」

アランはカレンを射るような眼差しで睨んだ。

「嘘よ！　ジェレミーが私を騙したの！　ねぇ、信じてよ！」

そこでカレンはようやく気づいた。

この一ヶ月間、ジェレミーとはカレンの住む邸でしか会っていなかったことを。アランとの仲が冷めてから学園でアランと一緒にいることが減ったため、気がつかなかったのだ。

「ちゃんと調べて！　ジェレミーはうちに来てたわ！」

「ジェレミーがそんなことするはずないだろう。もう十八になるというのに、飼っていた小鳥が死んだと言って泣くような奴だ」

ウィリアムがカレンを憎々しげに見ながら言った。

ジェレミーは、穏やかで口数が少ない、天使のような見目の少年だ。動物好きで、商会の跡を継いだら小さな動物園を作るんだと可愛い夢を語っていた。そんな少年がカレンを教唆《きょうさ》するはずがない。

アランたちはジェレミーのことを少しも疑っていなかった。

もしカレンが最初に問いつめられた時に正直に罪を認めていれば、彼らはジェレミーのことを正しく検分したかもしれない。しかし、もう手遅れだった。

ジェレミーを陥れても助かろうとするカレンの姿に、アランは失望した。この期に及んでもアランはカレンが心から反省し悔いてくれることを期待していたのだ。

「一時とはいえお前を愛した自分が心底、嫌になる」

アランはそう言い放った。

次いでベンジャミンが口を開く。

「カレン、ゾウチ男爵は君を勘当《かんどう》したよ。もう君の居場所はどこにもない」

カレンはベンジャミンを呆けた顔で見つめる。

「君はルーダー修道院に入ることになった。出立は明日だ。今日はそのことを告げに来ただけだ」

カレンは泣きながらアランに縋《すが》りついた。

ルーダー修道院は国内でも規律の厳しい修道院として知られている。昔ながらの生活をして、一生神に仕える。ルーダー修道院がカレンの終《つい》の住処になるのだ。

アランは従者にカレンを引き離させ、何も言わずに立ち去った。

翌朝早くに、馬車で王都から一週間はかかるルーダー修道院へとカレンは発った。質素な服を身にまとい、手荷物は小さな鞄が一つだけ。

カレンは小さな馬車に屈強な体躯の監視人三人と共に乗せられ、何度か町や村で宿泊をしながら、修道院に向かった。

一日目、カレンは絶望のあまり一言も発することができずに馬車に揺られる。その夜、考えあぐねた結果、逃亡することを決意する。監視人から逃げられれば、あとはどうにかなる。昔付き合っていた男に匿《かくま》ってもらうつもりだ。男は別れる時、自殺未遂をするくらいカレンのことが好きだった。きっと受け入れてもらえるはずだ。

二日目、カレンは逃亡を図る。真夜中に宿泊している安宿の一人部屋の窓から外へ出ようとした。幸いにも一階だったので逃げるのには好都合だった。窓を開け、窓枠に足をかけた時、監視人が部屋に入ってきた。腕を摑まれ、身体を床に打ちつけられる。その後は口に布を突っ込まれ、顔と腹を何度も殴られ気絶した。意識が戻ると裸足にさせられ、足の指の骨を折られた。

三日目、カレンは歩くことも儘《まま》ならない状態になったため、監視人を誘惑することにする。殴られて痣だらけの裸体を監視人に押しつけた。何をしても構わないと監視人を誘った。監視人たちは、カレンを裸のまま殴った。

四日目、カレンは身体中の痛みのため動くことすらできない。物のように扱われ運ばれる。

五日目、カレンはもう逃げることはできないと、そしてルーダー修道院で一生過ごさねばならないと、深く絶望する。

六日目、カレンはすべてを諦めた。考えることをやめた。

最後の宿泊先になった宿屋で休んでいた時のことだった。監視人は扉の前に一人、隣の部屋に二人いる。薄い扉をノックする音がした。

「誰？ 私、もう疲れてるの……休ませて」

返事もなく、鍵を回す音がした。

「カレン、助けに来たよ」

開いた扉の先には、にっこりと微笑むジェレミーがいた。

◇◇◇

カレンが修道院へ出立した当日の午後、アランはヴィリアーズ侯爵邸にエリザベスを見舞った。

「殿下、わざわざお越しくださり恐縮でございます」

エリザベスは大きな窓のある陽当たりのいいサロンでアランを迎えた。もう自由に動き回ってもよいと医師から許可が出たのだ。しかし顔の腫れが目立つため、邸の外に出ることはできない。

「いや、もう少し早くに見舞いに来たかったのだが、遅くなってすまない」

「とんでもないことです。殿下は私を助けてくださった恩人でございます。私の方がお礼に伺わねばなりませんのに、申し訳ございません。それに毎日綺麗なお花を届けてくださってありがとうございます」

「いや、俺は君に礼を言われる立場にないんだ」

エリザベスがきょとんとした顔をして、いつもより幼く見えた。その姿が愛らしく、アランは真実を云うのが躊躇《ためら》われた。

「ああ、君が襲われた原因の一端は俺にもあるんだ」

アランは声を絞り出した。

「君を襲うように指示したのは、カレンなんだ」

エリザベスは特に驚くこともなく、まじめな顔をしてアランの次の言葉を待っていた。

——なるほど、杜撰なやり口なのは、やはり素人だったからですのね。

私を殺害できたとしても、すぐに足が付いてしまうと思っていましたのよ。

エリザベスは腑に落ちて、スッキリした。

カレンに対しての怒りはない。

実際に嬲《なぶ》りものにされていたならば、違っただろうが。

「カレンが君に嫉妬したんだ。たったそれだけの理由で君を傷つけた」

――理由がちゃんとあってよかったわ。

楽しいからとか八つ当たりとかで傷つけられるのは、理不尽ですもの。

エリザベスには自分が被害者であるという認識がほぼない。加害者として贖罪《しょくざい》を誓った日々を過ごしていたため、どうしても加害者の心情を思ってしまう。

「俺がカレンと付き合っていたから。俺がちゃんとカレンと別れていれば、君をこんな辛い目に遭《あ》わせることはなかった」

――それはどうでしょうか。別れたら別れたで、彼女、激昂《げっこう》しそうですわよ。

ズルズルと付き合っていたのは、殿下がそういう関係をやめられなかったからですわよね。

差しづめ、あの隠れ家の客室が逢引の場所といったところでしょう。

娼婦の経験を持つエリザベスは、アランとカレンの関係を正しく認識していた。もちろん、アランはエリザベスがそんなことを考えているとは露ほどにも思わない。

「レディ・エリザベス。どうか俺を許してほしい。……いや許さなくていい。一生恨んでもいい。でも何か償いをさせてほしい」

——許すも何も、恨んでませんし。むしろ、この機会を与えてくれたカレン様にも殿下にも感謝したいくらいですわ！

「では、あの異能者に会わせてください」

エリザベスは、転んでもただでは起きない。

「私は初めてあのような貧しい人々の住むところに行きました。大人も子どもも痩せて辛そうでした。病気も蔓延《まんえん》しているように見受けられました」

「レディ・エリザベス？」

ごろつきにすぐに長屋へ放り込まれたため、実際にはエリザベスは何も見ていない。そもそも何かを見ることができても、あの地区に病気が蔓延しているなんて分かるはずがない。それでもエリザベスは話を続ける。

「私は恵まれていますわ。彼らに何かできないかと、この数日ずっと考えてましたの。私にできることといった炊き出しぐらいでしょうが、それでは単なる一時凌ぎにしかなりません」

「君はあんな目に遭ったっていうのに他の人のことまで考えるなんて、なんて心優しいんだ……」

アランは尊いものを見るような眼差しでエリザベスを見つめた。

——すごく強引な話の持っていき方なのに、不自然だとは思いませんの？

アラン殿下、頭大丈夫かしら。でも都合がいいですわ。

「それで、お見舞いに来てくださった友人とお話ししたんです。大学で研究なさっているような頭のいい方なんですが、まずは生活環境をよくしたらいいのではないかとの助言をいただきました。清潔な飲み水があれば、病気は減るんじゃないかと」

——お話ししたのは嘘ではないわ。オーギュ様とお話ししたもの。

……きゃー！　思い出したら恥ずかしいですわ。

オーギュ様！　オーギュ様！

「そ、そ、それで異能者の方に井戸を作ることのできる場所を教えてほしいと思いまして」

オーギュストとのことを思い出したエリザベスは少々悶えながら顔を赤らめて目を潤ませ、最も言いたかった一言を告げる。

その姿に魂《たましい》を抜かれたアランは、エリザベスが今回のことを許してくれたら自分の気持ちを伝えようと決めた。

三週間もするとエリザベスの顔の青あざも完全に消え外出が可能になり、早速アランに異能者に会わせてもらえるよう手配してもらった。

異能者は王家のためだけに存在しており、そのため存在を隠匿されている。

エリザベスのような一貴族令嬢が、異能者が異能者であると理解した上で会うことは本来ならば不可能である。しかしエリザベスはアランの罪滅ぼしに便乗して存分に利用させてもらうことにした。

エリザベスは王宮にある温室を見学するという体《てい》で異能者と会った。

そして、最貧困地区に井戸を作りたいと話す。

「私はあの地区の水脈の場所を当てればいいんですね」

異能者はエリザベスを舐めるように見ながら甲高い声で応えた。

「はい。もしあの地区になくても、可能な限り近くに井戸を作りたいのです。できたら数ヶ所」

「分かりました」

エリザベスが二年半悩んでいた最貧困地区の上水問題は、呆気なく解決した。

エリザベスはアランに笑顔で礼を言う。

「殿下、このような機会を与えていただき、心より感謝いたします」

「いや……。大したことではない」

それはない、と異能者とエリザベスは思った。王家以外の者が異能者を使うことなどあり得ないのだ。

「ついでと言ってはなんだが、井戸作りは俺に任せてほしい。それで俺の罪がなくなるわけではないが……」

エリザベスは目を見開いた。

——費用は殿下持ち。私が技術者を当たる必要もないのですね……。

最高ですわ！

しかも殿下の指示のもと、最貧困地区に井戸を設置したならば、最貧困地区の環境改善に注視する貴族や商人が出てくるはずですわ。王族と親しくなりたいが伝手《つて》がない者が、これを機に名を売ることができますもの。

エリザベスは、にまにました顔をした。取らぬ狸《たぬき》の皮算用《かわざんよう》だが、アランが井戸設置に携われば大きな反響があるはずだ。

――カレン様、ありがとう！　貴女のおかげだわ。

心の中でカレンに礼を言った。そしてカレンがどうなったのかアランに尋ねた。

「カレンはルーダー修道院に入ったよ」

アランはカレンが逃亡した事実を知っていたが正直に話せなかった。こんな不手際は許されないと思った。

一方のエリザベスは、あんな未遂事件を一回犯しただけでルーダー修道院で一生過ごすことになるのはあんまりだとカレンに同情した。

「殿下、それはあまりに酷ではございませんか？　カレン様はまだお若いのに。それに私は無事でしたわ。たった一回の過《あやま》ちです。それも殿下への愛ゆえ。どうか、寛大な措置をお願いいたします」

「レディ・エリザベス……」

アランはカレンが逃亡してしまったことを隠した自分を恥じた。

そしてエリザベスの優しさに感動を隠せなかった。

「実はカレンは修道院に着く直前にいなくなった」

「まあ……」

「監視人は薬で殺されていた。その隙に逃げたようだ」

「カレン様が監視人の方に薬を盛ったのでしょうか？　そういった薬物を入手するのは意外と難しいのではないでしょうか」

「君を襲った狼藉者を雇えたくらいだ。きっとそういう人間とも付き合っていたのだろう」

――普通の貴族令嬢があんなごろつきを仲介する人間と付き合いがあるとは思えませんわ。それに私のような侯爵令嬢を確実に襲撃するのでしたら、その道のプロに頼むのが一般的ですわ。まあ、嬲《なぶ》りものにするのは、ごろつきで十分ですが。むしろその方がダメージが大きくなりますわね。

ただ一介の貴族令嬢がおいそれとプロに襲撃を依頼することはできませんが。

エリザベスにとっての『一般的』は普通の人の『一般的』とはだいぶ違うが、本人は気づいていない。

「……カレン様にお知恵を貸した人がいらっしゃるんじゃないのでしょうか」

「もしそうだとしても、カレンが望んでやったことには違いない」

——きっと、その協力者がカレン様を逃して差し上げたのね。

これ以上追求したら、カレン様が捕まえられてしまうかもしれませんわ。

「カレン様は、これから隠れて生きていかねばなりません。それは十分贖いになると思いませんか？」

「君はそれでいいのか？」

「ええ」

アランにはエリザベスが聖母に見えた。

そして井戸が出来上がったら、絶対に求婚すると決意した。

◇◇◇

うららかな春の陽気に浮かれながら、エリザベスはオーギュストとのデートを楽しんでいた。

オーギュストは論文の締め切りが間近で忙しい。エリザベスもそのことを承知していたので、無理して頻繁に会う必要はないと思っていた。そこで二人は一週間に一度、昼間にデートをしようと決めた。

エリザベスとオーギュストはしばしば王都の公園でピクニックをする。エリザベスがランチやお菓子を用意するのだが、彼女は最近お菓子作りにはまっている。お菓子作りは化学だった。決まった分量を決まった手順で作る。それだけでほぼ完全なものができる。好みによって分量を変えるのもなかなか面白い。ちなみにオーギュストは甘いお菓子は好みではないようだ。それを知ったエリザベスは甘くない菓子作りを研究した。

その結果、オーギュストはエダムチーズやアーモンドを使った塩味のスティックパイとバジルやタイム、マジョラムなどのハーブを混ぜ込んだ塩サブレがお気に入りであることが分かった。

「ベスはお菓子作りも上手だね。私のために甘くない焼き菓子を作ってくれるなんて、すごく嬉しいよ。私は幸せ者だね」

オーギュストはスティックパイを食べてワインを飲んだ。その様子を見てエリザベスは気づいた。

「オーギュ様にはワインに合うお菓子を作ればいいんですね！　そうするとアンチョビを使ったものもいいかもしれませんね。お菓子と言えば紅茶だと思っていましたが、お酒にお菓子というのもありなのですね」

「そうだね。でも私は酒を飲む時はあんまりつまみを食べないな」

「ということは、お菓子自体、オーギュ様には必要がなかったということになりますね……」

エリザベスは研究熱心であるがゆえに時々周りが見えなくなる。

「ごめんなさい、オーギュ様。お菓子ばかり食べさせちゃって」

オーギュストは落ち込むエリザベスの頭を撫でた。

「私はベスが作ってくれるものはなんでも嬉しいよ。それにこんなにワインによく合うお菓子は初めてだよ。お礼に、これを」

オーギュストはエリザベスに、サファイアの髪飾りを渡す。

「オーギュ様、とても素敵だわ！　オーギュ様の瞳の色と同じ」

エリザベスは頬を染めながら、愛おしそうに髪飾りを指で撫でた。

「大切にしますわね」

二人の交際はとんでもなく順調だった。


オーギュストが菓子自体あまり食べないことを知ったため、エリザベスは今後は菓子作りを控えようか考えながら調理をしていた。その日はごくごく普通のクッキーとハーブ入りの塩サブレを作っていた。いつもエリザベスは普段使用されない小さな別棟の厨房を利用している。

誰も来ないはずの別棟に、誰かが入ってきたようだ。

「メアリ、誰かしら？」

「どの方もこちらをご利用する予定はなかったはずですが」

「ちょっと見てくるわね。メアリはオーブンを見ててね」

「お嬢様、私が参ります」

「いいえ、そもそもちゃんと許可を取っていない私が悪いんだもの」

エリザベスは無断でこの厨房を使っていた。そもそも令嬢が料理をすることに使用人たちはいい顔をしないのだ。何より仕事の邪魔になる。


「お父様？」

そこにはリチャードが立っていた。

「エリザベス？　なんでここにいるんだ？」

「ここの厨房でクッキーを焼いているんです」

「……くだらないことしていないで、花嫁修業でもしろ！」

「ふふふ、これも花嫁修業になりませんか？」

「そんなもの使用人の仕事だ！」

「そんなことよりも、お父様こそどうしてこちらにいらっしゃったんですか？」

「お前には関係ない！」

「確かに関係はありませんが、興味があるんです」

エリザベスはにこにこと笑いながら話す。リチャードはどう対応すべきかわからず怒鳴ることしかできない。

――お父様は不器用な人なのかもしれないわ。よく考えたら、かつての私も今の私も、お父様に強請《ねだ》ったものはすべて用意してくれたわ。かつての私は換金目当ての宝石類、今の私は本。結構な金額になるはずだけど、そのことで何か言われたことはないのよね。まあ直接頼まず、家令を通して頼んでいるせいかもしれないけれど。

「とにかく関係ない。お前はさっさとここから出て行け！」

「はい。クッキーが焼けたら出て行くので、もう少し待ってくださいね」

エリザベスはそう言うと厨房に戻った。

――ほぼ接触せずに生活していたといっても、本を買ってくれたお礼を言ったこともないなんて私も酷いものだわ。ドレスや宝飾類は侯爵令嬢として必要なものだけど、本は違うものね。善行を為すガリ勉令嬢になるはずだったのに、これじゃ恩知らずガリ勉令嬢になっちゃうわ。

エリザベスは出来上がったクッキーと塩サブレをリチャードに贈ることにした。甘いクッキーはお茶の時に、塩サブレはお酒の時に召し上がってくださいとメッセージカードも添えた。食べてくれるか分からないが、家令にリチャードへ渡すよう頼んだ。

翌朝、学園に行く前にエリザベスは家令にリチャードがどんな反応をしたか聞いた。

「お父様、クッキー食べてくださった？」

「お嬢様はご存知ないかもしれませんが、ご当主様は甘いものがお好きなのですよ。きっと召し上がっておりますね」

「意外だわ！　じゃあ塩サブレは嫌だったんじゃない？」

「昨晩、お酒をお飲みになっていた時に召し上がっておられました。この目で見ましたから」

「ふふふ。嬉しい。また作ったら渡してもらえる？」

「次はお嬢様が直接お渡しになるとよいかと思います。その時にご当主様の好きなお菓子を尋ねられたらいかがでしょう？」

「そうね。嫌われない程度に訊いてみるわ。今日はパイを焼いてみようと思うの。お父様、好きかしら？」

「ご当主様は、アップルパイがお好きですよ」

「そう！　いいリンゴがあったらアップルパイを作るわ」

エリザベスはそう言うと、学園に行くためにチャールズと共に邸を出た。

その日の午後もエリザベスは別棟の厨房にいた。今回はちゃんと家令に頼んでリチャードの許可も得ている。

パイ生地作成ではバターが溶けないように素早い作業が求められる。バターが溶けてしまうとサクサク感がなくなってしまうのだ。パイはより温度の低い環境で作るといいかもしれない。ではどうやって温度の低い環境を整えようかと考えながら、パイ皿に生地を乗せフィリングを詰め、更に生地で覆ってオーブンで焼く。

アップルパイの焼けるいい匂いが漂う。

——そういえば、お父様はこの別棟になんの用でいらしてたのかしら？　勝手に奥の部屋に入るわけにもいかないし。誰にも秘密ってあるものよね。うん、追及はやめましょう。

出来上がったアップルパイが冷めた後、今日もリチャードに渡すために切り分けた。本館に戻ってリチャードの居場所を執事に訊くと、執務室にいるとのことだ。早速執務室に向かった。

エリザベスがノックして名乗ると、執務室にいた家令が扉を開けてくれた。

「お父様、お忙しいところ申し訳ありません。今日はアップルパイを焼きましたので、よろしければお召し上がりください」

「お前はまたそんなことを！」

「はい、お菓子作りは楽しいですね」

エリザベスはにこにこと答える。家令はその様子を穏やかな目で見つめる。

「用が済んだのなら、さっさと部屋から出ろ」

「もう一つ、用がありましたわ。お父様のお好きなお菓子ってなんですか？」

「菓子なんて好きじゃない！」

「ふふふ、じゃあまた何か作ってきますね。それでは失礼いたします」


その後、エリザベスは菓子を作ってはリチャードに渡すようになる。

何度もやり取りをするうちに、リチャードは素直ではないが意外と優しい人であることをエリザベスは知った。それに表情や態度に表すことはないが、嬉しかったり喜んだりすると少しだけ耳が赤くなるのだ。

そんなリチャードが好きなお菓子は素朴なショートブレッドとアップルパイ、サマープディングだ。

エリザベスはリチャードの反応が面白いこともあり、毎日のように執務室に行くようになった。仕事が忙しく話があまりできないので、エリザベスが食事を一緒にとってほしいと頼むとリチャードは嫌そうな顔をしつつも耳を少し赤くして承諾した。

朝食と夕食をリチャードと一緒にとることになりチャールズは驚いていたが、エリザベスと違って二人には領地経営という共通の話題があり、話が途切れることはなかった。エリザベスは三人で食事をとることができて幸せだった。

——やはり、食事は一人で食べるよりもみんなで食べる方が美味しいわ。お父様もほんの僅かに顔が笑っているし。本当に不器用な人よね、お父様は。

春も過ぎ、チャールズは卒業を間近に控えていた。

そして、この秋の社交界シーズンに結婚式を挙げる予定だ。

邸にマデリーンを迎えるためにかねてから改装工事をしていたが、それも無事終わった。当主のリチャードは今まで通り邸の東翼に、そして次期当主チャールズは西翼で新婚生活を送ることになる。

チャールズは浮かれっぱなしだ。卒業試験を控えているのに、大丈夫だろうかとエリザベスは心配していた。

そんな幸せな雰囲気の中、エリザベスは十五歳の誕生日を迎える。昨年まではチャールズとマデリーンが晩餐を共にして祝ってくれた。今年は、そこにオーギュストも加わるのだ。

エリザベスもチャールズに負けず劣らず浮かれていた。

春は過ぎたが、まだ頭の中は春のままの兄妹だった。

◇◇◇

エリザベスの誕生日当日。

メアリと他のメイド三名が、全力で磨き上げてくれた。エリザベスは今までで最も美しく身を装った。複雑に編み込まれた白銀の髪には、小さな生花が飾られ、豊かな胸と細い腰を上品に見せる若草色のドレスは、エリザベスの清楚な美しさをよく引き出していた。

「完璧でございます、お嬢様！」

メアリは達成感からか満足気な顔をしていた。それでもエリザベスは不安だ。

「ねぇ、本当に綺麗だと思う？」

「勿論でございますよ！　私をお疑いになるのですか？」

「そういうわけではないけれど……」

メアリは優しく微笑んだ。

「お嬢様、お誕生日おめでとうございます。私はお嬢様のお世話をできて幸せでございます」

メアリは刺繍を施したハンカチをエリザベスに渡した。

「大したものではございませんが、どうぞお納めください」

そのハンカチにはエリザベスの憧れの魚、カジキが刺繍されていた。

ラキモンドが約五百ポンドのカジキを釣ったという内容の手紙で読んで、エリザベスはメアリに興奮しながら図鑑を見せて説明したことがあった。メアリはその図鑑の絵をもとに刺繍をしてくれたのだ。

「メアリ、ありがとう……。あなた今幸せ？」

「当たり前です。お嬢様と一緒におりますと、飽きませんですからね」

メアリはにっこりと笑って答えた。

——かつての十五歳の私はメアリを自殺に追い込んだけれども、今のメアリは幸せだと言ってくれる。私も幸せだわ。ついでに、薄情な二股男と結婚せずに済んだことは僥倖《ぎょうこう》ですわ！

「私、すごく幸せなの。ありがとうメアリ！」

ハンカチを大切に引き出しにしまった。後で額縁に入れて飾るつもりだ。

エリザベスの部屋は、エリザベスの愛する物で満たされていた。家具や壁紙は令嬢らしいものなのだが、本棚には本がぎっしり詰まっている。そして精緻《せいち》な花の絵が描かれた大きな陶器の壺には釣竿が飾られており、更にお気に入りの釣竿は壁に飾られていた。

かつてのエリザベスが飾っていたガラスの置物は、自作のルアーに代わっていた。

ここに、新たにカジキの刺繍の入ったハンカチが飾られる。

エリザベスは幸せだ。


幸せを噛みしめていたら、オーギュストが来たと知らされた。

エリザベスは部屋を出て、急いで階段を降りていく。

階段を降りた先には、正装をしたオーギュストが薔薇の花束を持って立っていた。

「ベス、誕生日おめでとう」

エリザベスは駆け寄った。

「ありがとうございます！　オーギュ様」

エリザベスは花束を受け取った。あまり好きではなかった薔薇が今日から好きになりそうだ。

そして、オーギュストは片膝をついてエリザベスの手の甲に口付けを落とした。

「ベス。愛しています。私にあなたの隣にいる権利を与えてくれませんか？」

エリザベスは突然の求婚に、頭の中が真っ白になった。手から花束が落ち、バサッという音で我に返った。

「……オーギュ様。私も貴方を愛しております。私も貴方とずっと一緒にいたいです」

エリザベスは涙を浮かべて答えた。


その日の晩餐は昨年までの誕生日とは比べものにならないほど華やかだった。

そして初めて父リチャードが誕生日の晩餐に姿を現した。

「エリザベス、誕生日おめでとう」

エリザベスは生まれて初めてリチャードから誕生日を祝われた。

「お父様、ありがとうございます」

エリザベスはリチャードにぎゅっと抱きついた。

リチャードは体をこわばらせてエリザベスの背中に手を回した。

オーギュストから『幸せになっていい』と言われてから、エリザベスはリチャードとの距離を縮めていった。リチャードは愛情表現が非常に下手であるが、エリザベスを愛していないわけではなかった。

「これをお前にやろう」

リチャードは額縁に入ったエリザベスの姿絵を渡した。

「まあ、実物より断然美しいわ！　お父様、ありがとうございます。どなたの作品かしら？　素晴らしいわ。でも私、モデルになった覚えがないのに、どうやって描いてくださったのでしょう」

た。

リチャードは自分の絵が褒められて面映《おもは》ゆそうにしている。後ろにいた家令がかわりに答え

「お父様が！　絵をお描きになるなんて知りませんでした。一体どこで描かれてますの？」

「……。私が描いた」

「ご当主様は、あの別棟で作品を描かれます」

「そうでしたの！　お父様、他の作品も見てみたいわ。ねえ見てもよろしい？」

エリザベスはリチャードにそう強請《ねだ》ると、まんざらでもない顔をしてリチャードは頷いた。

絵を描くことはリチャードの唯一の趣味と言っていい。幼少期、彼は風景画を描いて孤独を紛らわせていた。キャンバスに向かっている間は余計なことを考えずにいられた。人物画は描かなかった。描きたいと思える人がいなかったのだ。今も時間がある時は絵筆を持つ。最近になって人物画も描くようになったが、描くのはすべてエリザベスだ。

残念ながら母オフィーリアは旅行で不在がちなため今まで通りの関係だったが、それはそれでいいとエリザベスは思っている。オフィーリアはオフィーリアで楽しく人生を過ごしているのだ。ただ妻や母という存在にはなれなかっただけで。

エリザベスの誕生日のために呼ばれた弦楽カルテットの演奏に合わせてチャールズが歌を歌ってくれた。妖艶な姿からは信じられないほどの音痴だった。騒音レベルだった。マデリーンはそのギャップがたまらないらしく、ポーっと聴き惚れている。エリザベスは音痴なのに自

信満々に歌うチャールズにちょっと引いた。そして人前では二度と歌わないように注意しようと思ったのだった。

晩餐が終わり、それぞれがサロンに移動しようとした時、オーギュストがリチャードに声をかけた。

リチャードはオーギュストが何を言うか察したようで、若干不機嫌な顔をして黙って聞いた。

「私オーギュスト・ド・シャレットは、本日レディ・エリザベスに求婚をいたしました。そして受け入れていただけました。どうか、結婚をお認めいただきたく存じます」

「嫌だ」

すぐさまリチャードは低い声で応えた。

「父上！　ベスは好きな人と結婚させてやってください！　会ったこともない五十路《いそじ》の男なんかと結婚させません！」

チャールズはマデリーンの肩を抱きながらリチャードに反論した。マデリーンはそんなチャールズに見惚れていた。

リチャードはチャールズをじろりと睨み口を開く。

「違う」

エリザベスとオーギュストは固唾《かたず》を呑んで次の言葉を待った。

「誰とも結婚はさせない。エリザベスは優秀だ。大学に行って学ぶといい。そしてずっとこの邸で暮らすんだ。結婚なんてする必要はない！」

「ち、父上……」

チャールズは呆れ顔になり、オーギュストは苦笑いした。

そしてエリザベスはリチャードの言葉に驚いていた。

あんなに政略結婚をさせたがっていた父親が、エリザベスを手元に置きたがっている。

「お父様！　大好き！　私はまだお嫁には行きません」

エリザベスはリチャードに抱きついた。

リチャードは勝ち誇った顔をオーギュストに向けた。


――まだ結婚はしませんわ。そうね、学園を卒業したら、オーギュ様のもとへ行きますわ！


「そういうわけだから、諦めたまえ」

「いいえ、諦めません。お許しをいただけるまで何度でもお伺いします」

リチャードとオーギュストは、互いに不敵な笑みを浮かべた。

「私は幸運だったな。マデリーンとはなんの障害もなく結婚できるんだから」

「ふふ、私もすごく幸せですわ。父も母も私たちの結婚を祝福してくださってますし」

チャールズとマデリーンはまた二人の世界に入っていった。

そんな二人を見て、エリザベスは寂しそうな顔をした。

「私もマデリーンお姉様みたいに、幸せな花嫁になりたいですわ」

小さな声だったが、敢えてリチャードの耳には届くように呟いた。

リチャードは難しい顔をしてサロンへ向かった。

その姿を見て、エリザベスはほくそ笑んだ。

——お父様、ごめんない。私はオーギュ様と結婚するわ。

寂しそうな顔をして「花嫁になりたい」って呟けば、そのうち気持ちも変わるでしょう。

エリザベスはなかなかの策士である。

◇◇◇

アランが主導した最貧困地区の飲料水用の井戸作りが終わった。

井戸は五ヶ所あり、それぞれ最新式の汲み上げポンプが設置されている。

「これでレディ・エリザベスに求婚ができる!」

井戸が完成したその日、アランは国王と国王妃である両親にエリザベスと結婚したいと告げた。

「分かった。近いうちにヴィリアーズ侯爵に話をしよう」

「ありがとうございます！　父上」

「オフィーリアとも話してみますわ。前もそんな話をしてたけど、気づいたら立ち消えになったわね。でも彼女、今は外国に行っているのよねぇ。いつ帰ってくるのかしら」

「母上もありがとうございます。……ってレディ・エリザベスと俺の結婚話があったんですか!?」

「あら、話してなかったかしら？　あなた下賤な娘に付きまとわれてたでしょ？　だからさっさと婚約させようと思ってね」

　アランの知らないところでエリザベスとの婚約話が上がっていたが、エリザベスの母オフィーリアの現在の一押しはヴェッタオ城を所有するラキモンドである。


　アランが最貧困地区に私財を投げ打って井戸を設置したと聞いた王太子ランスロットとその妃ミリエラは驚きを隠せなかった。詳しい話を聞きたいと、二人はアランを王太子宮のサロンに呼ぶ。

「アラン、お前がそんなことをするとは思わなかった。一体どうした風の吹き回しだ？　いやいやすまない、褒めているつもりなんだが」

ランスロットは甘えん坊で我儘な末っ子が最貧困地区に井戸を作ったことに衝撃を受けていた。

「あなた、ちゃんと褒めてあげてくださいませ！　立派ですわ、アラン殿下」

ミリエラは笑顔でアランを称える。ミリエラは福祉と女性の権利向上のために啓蒙活動をしているような王太子妃である。軽薄なアランのことはあまり好きではなかったが、どうやら見直したらしい。

「それで父上に聞いたんだが、ヴィリアーズ侯爵家のレディ・エリザベスと結婚したいらしいな」

「はい、一緒に道を歩むなら彼女しかいません」

アランは真剣な顔でランスロットに応える。

「お前、あの娘はどうしたんだ？　毎晩のように遊んでただろう？　ちゃんと別れたのか？」

「兄上、そのお話はしたくありません」

「まさか、まだ付き合っているのに求婚するわけではないだろうな」

「もう、あんな女とは関係ありません」

ミリエラがアランに問いかける。

「女性を傷つけるようなことはおやめなさい。女性を蔑ろにするようなことは許されませんわ！」

ミリエラは興奮しはじめた。女性関連の話になるとスイッチが入るのだ。

「……。それではその女が私の愛する女性を傷つけても蔑ろにするなと言うんですか？」

「え？　愛する女性って……レディ・エリザベスはその女性に何かされたの？」

　そこでランスロットが口を挟んだ。

「あの時、異能者を貸してほしいと言ったのはレディ・エリザベスのためか。お前があんな顔して頼み事したのは初めてだったな。いつも余裕綽々《しゃくしゃく》な顔して不遜な態度のお前が、頭を下げるんだ。よっぽどのことだとは思ったが。ははは。恋を知ったか、アラン」

「それでレディ・エリザベスは無事でしたの？　私、彼女のことすごく気に入っていますの。お会いしたことはありませんが、何しろ、王立学園に首席入学した初の女性でしょ」

「はい、怪我はしましたが……。一応無事でした」

　アランはミリエラが苦手である。ミリエラは美人で気が強く、何事においてもはっきりと主張する。アランが求める女性像とはかけ離れた存在なのだ。アランはカレンのようなか弱い女の子が好きだった。実際のところ、カレンはか弱くなどなかったが。

「そう、怪我はもういいのかしら？　とにかく無事でよかったわ。彼女とは一度お話ししたいと思っていますの。お茶会にお誘いしてもいいのだけど、彼女まだ社交界デビュー前でしょ？　突然私のお茶会にお招きしたら驚くんじゃないかと思って。ねえ、今度ラキモンド殿下がいらした時、一緒に会食できないかしら？　ほらラキモンド殿下ともお知り合いでしょ」

「ああ、そういえばラキモンドも話していたな。私も一度会ってみたい。アランが恋に落ちた女性に」

「からかうのはやめてください、兄上！」

ランスロットもミリエラも、アランの恋を応援したいと思った。特にミリエラはまだ会ったこともないエリザベスに期待していた。首席入学に肥料の研究。彼女こそが女性の社会進出の旗印になると目論《もくろ》んでいる。

王宮では、すでにアランの婚約者はエリザベスという雰囲気になっていた。


アランからエリザベスとの婚約の件を頼まれた国王はリチャードとの面談時間を翌々日に設《もう》けた。貴族院の議会に出席していたリチャードはその足で国王のもとへ参じることになり、国王からアランとエリザベスの婚約の話を聞かされた。

国王直々の縁談を断ることは難しい。しかしリチャードは女癖の悪いアランと結婚させるよりは誠実な男と結婚させた方がずっとましだと思い、国王に告げた。

「申し訳ございません。誠に残念ではございますが、我が娘エリザベスは先日婚約をいたしました」

「なんと。もう婚約者がいたのか」

「はい、つい先日のことでして。近いうちに発表をする予定でございます」

「そなたの娘は優秀だと聞いておる。残念だが、めでたいことではあるな。して相手は誰だ？」

「ダンテス帝国シャレット公爵家の次男、オーギュスト殿でございます」

「ほう、今こちらに留学中のか」

「左様《さよう》でございます」


リチャードは早速婚約の手続きをせねばならなくなった。不承不承ではあるが。

帰邸したリチャードはエリザベスに、オーギュストとの婚約を認める旨を伝えた。

「お父様、ありがとうございます！」

エリザベスはリチャードに抱きついた。こんなにも早く婚約の許可を得ることができるとは思ってもみなかったのだ。


――色々と策を練るのも楽しそうだと思ってたのですが。お父様をどう説得するかなんて、なかなかやり甲斐がありそうでしたのに。でもこれでオーギュ様とデートが堂々とできますわ！

「まあ、彼は見所のある男だ。しかし学園卒業までは結婚させんぞ」

「もちろんですわ。私もまだここにいたいですもの」

アランのおかげで思いがけず婚約できることになったことをエリザベスは知る由もなかった。

リチャードとの面会を終えた国王はアランを執務室に呼んだ。

「アラン、エリザベス嬢にはすでに婚約者がいるらしい。残念だが諦めろ」

アランは衝撃を受けた。

アランの頭の中では、エリザベスとの結婚はすでに決定事項になっていたのだ。

「誰なんですか？　その男は。もし正式に婚約していないならば、まだ俺にも機会があるはずです！」

「ダンテス帝国のシャレット公爵家の次男だ。こちらとしても揉めたくない。分かるな？」

──あの男か！　俺の方が先にエリザベスに出会っていたというのに。カレンにかまけていた隙に、あいつに取られたというのか。


アランは生まれて初めて失恋をした。

国王である父はいい経験になっただろうと思いながら、落ち込むアランの姿を見つめていた。

アランは何事に関しても優秀であるがために挫折を知らなかった。しかも優れた容姿も持つこの国の王子だ。傲岸不遜な態度すらも女性たちには魅力的に映っていた。そしてそんなアランを諫めることもなく王家の人々は末っ子のアランを甘やかした。

十八歳にしてアランは欲したものがすべて手に入るわけではないことを初めて知った。

アランはその日の夜、やけ酒を飲んでいた。執務を終えたランスロットがアラン付きの女官にその様子を聞いて、アランの私室を訪れた。

「アラン、入るぞ」

ランスロットが片手にワインを持って入ってきた。

「兄上……。笑いに来たんですか？　この俺が振られたんですよ？」

「ははは。お前だから振られたんだよ。ほらこれも飲め」

ランスロットはワインをテーブルに置いた。侍従がグラスを用意する。

「初めての失恋だな。アラン」

ランスロットは侍従を下がらせて、手ずからワインを注いで飲んだ。

「お前が好きになった人は見る目があるな。お前を選ばなかったんだから」

アランはランスロットを睨んだ。

「お前は我儘な子どもだ。狭い世界しか知らない。責任も義務も知らない」

「だからなんなんですか……」

「まあ、失恋も悪くないってことさ。少しは自分のことを省みるだろう？」

ランスロットはアランが酔いつぶれるまで付き合ってやった。

ランスロットはやはり末っ子のアランに甘い兄だった。

◇◇◇

チャールズが卒業する日が来た。式典には家族や婚約者も参加する。エリザベスもマデリーンと共に参加した。

卒業後、秋を待ってチャールズとマデリーンは結婚式を王都で挙げる。

夏の間、チャールズは領地のカントリーハウスで領地運営を任せている代理人のもとで実務を学ぶことになっていた。代理人はヴィリアーズ侯爵家の親戚筋が代々務めている。もちろん、代理人が今まで通り領地運営を行うが、最終決定権は当主にあるためチャールズには学ぶべきことが多い。

一方のマデリーンは結婚式の準備で忙しく、王都にとどまることになっている。

二人は今生《こんじょう》の別れが迫っているかのように最近更にベタベタしていた。そんな姿を羨望の眼差しで見るのはエリザベスのみで、他の者は呆れていた。離れているのは夏の間だけである。

しかもマデリーンはチャールズのいるカントリーハウスに一週間、滞在する予定なのだ。

チャールズのように婚約者と連れ立っている卒業生は他にもいた。

のよね。

——まあ、天敵たちにも婚約者がいたのね。それにもかかわらず、カレン様を追っかけていた
エリザベスはベンジャミンやウィリアムの姿を遠くから見て呆れていた。

「ジェレミー、もう体調はいいのか？」

ウィリアムが婚約者を傍においで話す。

「うん、もう大丈夫だよ。卒業試験も特別に受けさせてもらえたし。無事にみんなと一緒に卒業できて嬉しいよ！　心配かけてごめんね」

「本当によかったですね。私もジェレミーと卒業できて嬉しいですよ」

ベンジャミンが答えて、そして言葉を続けた。

「ところで、カレンのことは聞きましたか？」

ジェレミーはきょとんとした顔をする。

その様子に何も知らないのだろうと察して、ベンジャミンは簡単にジェレミーが不在の時にあったことを話した。

「カレン、可哀想……」

「お前は優しいな」

ウィリアムはジェレミーの頭を撫でた。

——そう、僕はすごく優しいんだ。

もし、カレンを傷つけるような奴がいたら殺す。

カレンを殴り蹴った監視人はちゃんと殺した。

できたら、目をくり抜いて、鼻と耳を削ぎ落とし、手脚を切り落としたかった。そしてギリギリまで殺さず、絶望の中で生かすんだ！

でもカレンとの新しい生活の準備もあったし、毒薬で殺してやった。

優しいよね、僕。


かつてのエリザベスの拷問について報復者たちに具体的な方法を示唆したのはジェレミーだった。

アランをはじめ、ベンジャミンもウィリアムもエリザベスを報復者たちに引き渡した後のことは知らなかった。

ジェレミーはカレンを攫《さら》った後、王都の外れにある小さな民家に囲っていた。使用人は二名しかおらず、両者とも読み書きができず口もきけない。

カレンはジェレミーに助けられたと思っていた。実際にジェレミーは修道院送りになるカレンを助けた。

ジェレミーはカレンのことをよく知っていた。このまま回復したら、恐らくこの生活とジェレミーに不満を持つようになるだろう。カレンは自分の欲望に素直で、自分の価値を知っている。いや価値については見誤っていた。高位貴族にとってカレンはただの遊び相手でしかない。結婚を考える男はいない。平民にとって高嶺の花であることは正しい。

それではジェレミーにとってカレンとは？

ジェレミーにとってカレンはすべてだ。カレンのためならばなんでもする。

ジェレミーにはカレンを手放すことはできない。手放すくらいなら殺す。


カレンの身体だけではなく、心も手に入れなければならない。ジェレミーはカレンをその小さな民家の一室に閉じ込めた。そして毎日囁いた。

「アラン殿下たちが血眼《ちまなこ》になって君を探している。でも安心して。僕が絶対守るから」

「僕も罪を認めたよ。カレンは全然悪くないんだ。でもみんな信じてくれないんだ」

「アラン殿下が君を殺すと言ってるんだ」

「さっき、官警がこの辺りを見回っていたそうだよ」

「ああ、カレン、大変だ。アラン殿下がこの場所を見つけたかもしれない」

毎日毎日、現実とは異なることを囁く。カレンはアランを恐れるようになった。

そして恐ろしいアランからジェレミーはカレンを懸命に守ってくれる。ジェレミーは毎日この民家を訪れてカレンを慰めてくれる。

ジェレミーは弱っているカレンを甲斐甲斐しく世話をする。

ジェレミーがいなければ食事もできない。

ジェレミーがいなければ入浴もできない。

ジェレミーがいなければ独りぼっち。


カレンはジェレミーに依存して生きるしかなかった。

そのうちカレンはその依存を愛だと思うようになった。

「カレン、愛してるよ」

「ジェレミー、私も愛してる。大好きよ」

二人は相思相愛の仲になったのだ。

◇◇◇

夏季休暇も終わり、エリザベスは第四学年に進級した。

そして社交シーズンが始まる時期になり、王都には各領地から貴族たちが集まっていた。

そんな中、チャールズとマデリーンの結婚式は盛大に行われた。王都で最も格式の高い大聖堂で二人は永遠の愛を誓う。エリザベスは感動して始終泣き通しだった。

式にはチャールズの学園の友人たちも来ていた。かつてのエリザベスの天敵だったウィリアムやベンジャミン、アランも来ていた。目立つ人たちだが、今日はチャールズとマデリーンの方がずっと輝いていた。そう、マデリーンは本当に輝くために、聖堂に差し込む光の位置、聖堂から出てきた時の太陽の位置、それらを計算し尽くしてベールやドレスに宝石をつけた。宝石は光の分散度の高いものを選んだ。この輝くドレスはエリザベスの発案である。実際の反射に関する計算に関してはオーギュストにも手伝ってもらった。

結婚前、マデリーンは悩んでいた。色気駄々《だだ》もれの麗しのチャールズの隣に立つには自分はあまりに地味であると。チャールズにそれとなく相談したが話にならない。

「マデリーンがこれ以上綺麗になったら、他の男に攫《さら》われてしまうかもしれない！　駄目だ、もっと地味にしてほしい」

そこでエリザベスに相談したのだ。

「マデリーンお姉様はそのままで十分美しいと思いますよ」

この兄妹の目はおかしいとマデリーンは常々思っていたが、彼女と同じような容姿の弟ヘンリーに関して外見を褒めることはない。どうやら、マデリーンに対してだけバイアスがかかるようだ。それでも食い下がってエリザベスに相談すると、宝石で輝けばいいと言ったのだ。実際、マデリーンの衣装はキラキラ目映《まばゆ》いばかりに光っていた。

　このエリザベスが手掛けた輝く花嫁衣裳は王都の令嬢の間で話題になった。その結果、マデリーンの商会は花嫁衣裳で一儲けをすることになる。


　聖堂から移動する時に、エリザベスはアランから声をかけられた。

「レディ・エリザベス。久しぶりだね」

「アラン殿下。お久しぶりでございます」

エリザベスは穏やかに微笑んで挨拶を返す。アランはその笑みに胸が痛んだ。

「やあ、レディ・エリザベス！　いつも綺麗だね」

「あら、ウィリアム様。今日は兄のためにありがとうございます」

「レディ・マデリーンはキラキラしてたね！」

「ふふ、本当に輝いていましたわ。素敵でした」

ウィリアムは王立陸軍士官学校に進んだ。カレンを追いかけていた頃とは違い、少しだけ落ち着いていた。

「やあ、レディ・エリザベス」

「ベンジャミン様も、式においでくださりありがとうございます」

ベンジャミンはアランと一緒にウィンストン王立大学に進み医学を学んでいる。

エリザベスがあれほど恐れた天敵たちは、カレンがいなくなってから憑き物が落ちたように落ち着いた。アランに限っては落ち込んでいたが。

――彼らがいなければ、私は罪に向き合うこともなくルーダー修道院で過ごしたのでしょうね。彼らがかつてのエリザベスにしたことは必要なことだった。その過程がなければ、私はアンナに会うこともなく、自分の罪に気づくこともなかった。


その後、彼らはチャールズのもとへ祝いを述べに行った。エリザベスがその後姿を感慨深く見つめていると、オーギュストがエリザベスのもとに戻ってきた。

「遅くなって申し訳ない」

オーギュストはエリザベスのところに来るまでに、色々な人に捕まっていたらしい。

「気になさらないで。オーギュ様も大変ですね」

「君もアラン殿下たちに声をかけられていたようだけど」

「ええ、兄の友人ですからね」

「……私は自分で思っていたより、嫉妬深いようだ」

オーギュストはエリザベスの腰を抱いた。

「私たちの式も彼らのような結婚式にしよう、ベス」

オーギュストはエリザベスの頭にキスを落とす。

二人だけの世界に浸っていると、後ろから声がした。

「気が早い！」

リチャードである。ジロリとオーギュストを睨むが、オーギュストは余裕のある顔をし、エリザベスはうっとりとした顔をオーギュストに向けていた。

そしてオーギュストはリチャードの言葉が聞こえなかったかのように、来月開催される王宮舞踏会の話をした。

「ベスのデビュタントのエスコート、楽しみだよ」

リチャードはそれを聞いて怒りを露にする。

「ベスのエスコートはやはり私がする！」

「何をおっしゃってるの、お父様。お母様がいるではありませんか」

「ぐ……」

言葉に詰まるリチャードだった。

家庭では不仲である侯爵夫妻でも、社交界ではそれなりの体裁を保っているのだ。オフィーリアは不仲な様子を他の貴族に揶揄されるのは矜持が許さないため、必ず王宮舞踏会はリチャードと出席してる。

王宮舞踏会当日、エリザベスはオーギュストにエスコートされ宮殿に入った。

オーギュストから贈られた白いエンパイアスタイルのドレスは初々しく、可憐にエリザベスを見せる。そして胸元にはサファイアの首飾りが輝いていた。オーギュストの瞳と同じ深い青だ。オーギュストは黒のテールコートを身にまとい、長い金髪は黒地に銀糸で刺繍したリボンで結ばれていた。

エリザベスとオーギュストは国王への挨拶を終え、煌びやかなボールルームへ向かう。

エリザベスはファーストダンスから続け様に三曲オーギュストと踊った。オーギュストのリードは安定感があって踊りやすい。

その後、リチャードが踊ってほしそうにエリザベスを見るので、彼女はリチャードと踊った。ダンスに慣れているはずのリチャードは娘と初めて踊る喜びと緊張でかなりぎこちなかった。

しかし、エリザベスと踊るのが嬉しくて二曲続けて踊った。

エリザベスはさすがに疲れてしまい、これ以上踊れないと思っていたところにアランからダンスの申し込みをされてしまった。相手は第三王子である。断ることはできない。エリザベスは踊る羽目になった。

「レディ・エリザベス。婚約おめでとう」

アランは少し寂しそうに言ったが、エリザベスは疲労困憊《こんぱい》でそれどころではない。ステップを踏む足がもつれそうだ。

「ありがとうございます」

早く終わってほしいと願うエリザベスにアランは囁く。

「ずっとこうして踊っていたい」

「……無理ですわ」

息が上がるエリザベスは、足を踏まないように足元を見ながら答えた。もう限界だったので、笑顔すら作れない。早く休みたいと悲壮な顔になっていた。

アランは俯いて言葉少なく悲しそうに答えるエリザベスを見て、この恋は本当に終わったのだと感傷的になった。

一方のエリザベスはようやく休憩を取ることができてほっとしていた。オーギュストのもとに向かうと、二人でテラスに出る。エリザベスは椅子に座り、オーギュストは立ったままシャンパンを飲んで喉を潤す。

「オーギュ様、エスコートしてくださってありがとうございます。緊張しましたが、オーギュ様のおかげでどうにかデビューを果たせましたわ」

「デビューおめでとう、ベス。でも本当は嬉しくない。ベスを他の男に見られるのは不愉快だし、アラン殿下と踊っているのも気に食わなかった。私は存外に狭量《きょうりょう》な男だと知ったよ」

オーギュストは苦笑いをする。

「それをおっしゃるなら、私もですわ。オーギュ様はとても素敵だから女性たちが放っておきませんわ。オーギュ様が王太子妃様と踊っているのを見て、焼きもちを焼いてしまいました……」

エリザベスは素直に話す。

いよいよ甘い二人の世界に入っていこうとした時だ。

「レディ・エリザベスはこちらにいるかな？」

王太子ランスロットがエリザベスに声をかけてきた。隣には王太子妃のミリエラもいる。エリザベスはすぐさま立ち上がり礼を取る。隣に立っていたオーギュストも会釈をする。

「ここにはあまり人は来ないから、気楽にしてちょうだい」

ミリエラがエリザベスに顔を上げるように促した。

「ラキモンド殿下がおっしゃっていたように、本当に美しいご令嬢だわ！　貴女の噂はよく聞いてますのよ。学園に首席で入ったとか、肥料の研究をしているとか。一度お話をしたいと思っていたの」

「ミリエラ、落ち着きなさい。オーギュスト殿、邪魔して悪かった。どうしてもミリエラがレディ・エリザベスに会いたいと言うので、少し抜けてきたんだ。長居はしないから心配いらないよ」

ランスロットはオーギュストにそう言うと、ウィンクをして微笑んだ。

「今度、ラキモンド殿下が商談で我が国に来るんだ。君たちの予定が合えば、一緒に私たちと会食をしないかい？　プライベートなものだから、畏《かしこ》まる必要はないよ」

「お誘いいただきありがとうございます。喜んでお伺いいたします」

そうオーギュストが答えると、ランスロットとミリエラは楽しみにしていると言ってボールルームに戻っていった。

「社交界って大変ですのね……。私やっていけるか心配ですわ」

「いやいや、王太子たちが自ら誘いに来るのは珍しいと思うよ。どうやら研究に興味を持ってくれたみたいだね。ベス、最貧困地区の問題解決のためにも王太子妃と繋がりは持っていた方がいい」

「そうですわね。社交は苦手ですが、オーギュ様も隣にいらっしゃるし頑張ってみますわ」

「ほどほどにね。さあそろそろ私たちもホールへ戻ろう。きっとお義父上が探しているよ」

オーギュストとエリザベスはホールへ戻り、リチャードやチャールズ、マデリーンと合流した。エリザベスに挨拶に来る人が多かったが、すべてリチャードが対応してくれたため特に問題はなかった。値踏みするような令嬢たちもやってきたが、こちらはマデリーンが撃退してくれた。

エリザベスはただ微笑んで立っているだけだった。彼らのおかげでエリザベスの社交界デビューはつつがなく終えることができた。

◇◇◇

王宮舞踏会から一週間後、エリザベスとオーギュストはランスロットとミリエラに招待され、宮殿の一室にいた。精緻に彫られた彫像や小さな噴水がある中庭に面したこの部屋は、ミリエラがよく利用するサロンだ。エリザベスの研究内容は会食しながら話すには向いていないということで、非公式のお茶会になった。

「よく来てくださったわ！」

ミリエラは座っていたソファから立ち上がり、両手を広げてエリザベスを迎えた。エリザベスはその歓迎ぶりに気後れする。

「うふふ、そんなに緊張なさらないで。ランスロットとラキモンド殿下はもうすぐいらっしゃるわ」

挨拶もそこそこに、エリザベスとオーギュストはミリエラの正面のソファに座る。

「オーギュスト様は何度か夜会でお会いしましたわね。今はウィンストン王立大学に留学中と伺いましたわ」

「はい。しかしあと一年で帰国する予定です」

「まあ、残念に思うご令嬢方がたくさんいるわね。あなた、夜会では大人気ですもの」

オーギュストは困ったように笑う。

「そんな不安な顔をなさらないで、レディ・エリザベス」

「妃殿下、どうぞ私のことはエリザベスとお呼びくださいませ」

「ふふ、じゃあエリザベス。オーギュスト様はここウィンストン王国ではどなたとも噂になっていませんわ。だからご安心なさい」

エリザベスは、心中穏やかでなかったことがバレて恥ずかしかった。

「オーギュスト様も心配ですわね。エリザベスを残して帰国するなんて」

ミリエラはいたずらっぽく笑みを浮かべて、オーギュストの反応を待つ。

「ええ、本当に心配です」

オーギュストは苦笑いをした。

ミリエラが二人をからかっていると、ランスロットとラキモンドがやってきた。エリザベスとオーギュストは立ち上がり挨拶をする。

「今日はよく来てくれた。ミリエラがとても楽しみにしていたよ」

ランスロットがアランとよく似た顔で歓迎をしてくれた。隣にいたラキモンドも白い歯を見せる。

「オーギュストにレディ・エリザベス、久しぶりだな。元気そうで何よりだ。二人は婚約したんだってね。おめでとう！」

ラキモンドはオーギュストの肩をぽんぽん叩いた。

「それにしても、いつの間にそんな仲になったんだ？　レディ・エリザベス、手紙に何も書いてなかったじゃないか」

二人の往復書簡は釣りのことが中心である。どのルアーがよかっただの、新しい釣り針の形状を考えただのというエリザベスの手紙に対して、ラキモンドは釣果《ちょうか》を自慢げに書いている。二人とも書きたいことを書くだけだった。オーギュストが少し不機嫌になってエリザベスに問う。

「ベス？　ラキモンド殿下とそんなに親しいの？」

「ええ、私の釣りの師匠ですの」

「いや、師匠になるとは言ってないぞ」

ラキモンドはすぐに否定するが、エリザベスはお構いなしだ。

「勝手に弟子とは名乗りませんから、ご安心ください」

「いやいや、そういう問題じゃないし、今まさにここで名乗ってるし」

「そうそう、この刺繍見てくださいませ！」

エリザベスはハンカチを取り出した。メアリが刺繍したカジキのハンカチだ。ラキモンドに自慢するために持ってきたのだ。

「素晴らしいでしょう！　私もいつか釣ってみたいですわ」

「ははは、そうか。以前、五百ポンドのカジキを釣り上げたって手紙で知らせたな。でもこの間、更に大きなカジキを釣ったぞ」

「まあ！」

二人の釣り談義は終わる様子がないので、ミリエラが口を挟む。

「まあ、エリザベスは釣りもなさるの？　女性だからといってできないことはないですものね。そうそう、研究のことを伺わせていただきたいのよ」

無理やり肥料の研究のことに話を持っていった。エリザベスは糞尿から作る肥料について簡単に説明をする。

「王都の環境改善にも役立つというわけだね。具体的にどうするつもりかな？」

ランスロットがエリザベスに質問した。

マデリーンの事業の一つとして扱っているエリザベスの肥料開発研究だが、だいぶ形になってきている。そこでエリザベスはモデルケースとして、下水道が設置されていない地区からの糞尿の買い取りを最貧困地区に指定する予定だ。そのことをランスロットに告げると、彼はアランが主導した井戸のことを話した。

「アランがあの地区に井戸を設置したのは君のためかな？」

「お詫びだとのことで甘えさせていただきました。感謝しております」

「ああ、あの令嬢絡みだね」

「貴女が感謝することはないわ。……あの地区のこと私は今まで知らなかったの。あんな所が王都にあるなんて」

　ミリエラは福祉に力を入れているが、最貧困地区のことは知らなかった。ランスロットも同様だったらしい。

「私も知らなかった。というか関心がなかった。今後はあの地区の改善をミリエラを中心に行ってもらう予定だ。王太子妃の仕事の一つとして」

　エリザベスは目を輝かせた。最貧困地区の衛生状態の改善はエリザベスの最も為したい善行の一つだ。近いうちに環境は目覚ましく改善されることになるだろう。自分一人ではなしえない善行だ。

「ありがとうございます」

　エリザベスは目を潤ませて、ランスロットとミリエラにお礼を言う。

「君から礼を言われるのはとても不思議なんだが……。そんなにあの地区に思い入れがあるのかい？」

　確かに一令嬢が最貧困地区を知っている上に、環境改善をしようとしているのは不自然である。

「ベスは勉強熱心なんです。王立図書館で様々な知識を得るうちに最貧困地区についても知ったのでしょう」

　オーギュストが助け舟を出した。頼れる男である。エリザベスのオーギュストへの好感度は更に増した。好感度に上限はないようだ。

「本当に聡明で綺麗な女性。貴方こそ、新しい女性像として我が国で活躍してほしいわ！」

「申し訳ないのですが、ベスは私と結婚後はダンテス帝国に移ります。ウィンストン王国の至宝を攫《さら》ってしまうことになりますが、ご容赦ください」

オーギュストは笑顔だ。一方のミリエラは悔しそうにしている。

「もう、本当にアラン殿下は勿体ないことをしたわね……。いえアラン殿下じゃなくても他のウィンストン王国の男たちは何をしていたのかしら？」

ミリエラの呟きを遮るように、オーギュストは続けた。

「ベスはダンテス帝国でも、きっと活躍します。女性の活躍は国境を越えて応援してくださるでしょう、妃殿下」

「もちろんですわ。期待してましてよ、エリザベス」

ミリエラ主催の非公式なお茶会でエリザベスは最貧困地区の吉報を聞くことができた。王太子妃の後ろ盾を得て、エリザベスが最貧困地区の糞尿問題に取り組むのも問題がなくなった。

エリザベスは早速、マデリーン商会のもと最貧困地区の糞尿の売買を始めることにした。当たり前だが、エリザベスが直接買い取るわけではない。最貧困地区の住民を雇用するのだ。

糞尿が売り物になるのだから、もう道端に捨てたりしないだろう。エリザベスはそう考えていた。実際その通りだったが、糞尿の入ったオマルを奪い争うこともあり、一筋縄ではいかなかった。その解決策の一つとして公衆便所の設置があった。公衆便所を利用するとほんの僅かではあるが金が手に入るのだ。しかし、しばらくするとそのシステムを悪用する者も現れてきた。


問題は色々あるが、最貧困地区は変わりつつあった。

清潔な井戸水は想像以上に豊富で、飲用水のみならず生活用水にも使用できたのは幸運であった。最貧困地区に住む人々は今まで下水が流されていた川まで歩いて水を汲みに行っていた。この地区には身体の弱った人も多く、最低限の飲み水を確保したら、それ以上の労力を費《つい》やしてまで生活用水の分まで汲みには行かない。そのため、身体を拭いたり洗濯をしたりすることがほとんどなかった。

しかし、今は違う。確かに建物はあばら家しかないが、道に糞尿はなく、今までは見ることもなかった洗濯物が干されている。

そして、王太子妃ミリエラの働きかけにより、慈善活動家もこの地区で活動を始めた。教会も建設中である。

確実にいい方向に変わっていると言えよう。

エリザベスは頻繁に最貧困地区に足を伸ばして、その変わりようを肌で感じていた。かつてのエリザベスが立っていた路上には街灯が設置されている。あの暗く不衛生な路上は存在しない。あの路上で客引きをすることはないのだ。かつてのエリザベスはもう二度と現れることはない。

様変わりした地区を歩きながら、かつてのエリザベスの記憶を辿る。

――あの角を曲がった先に、私が住んでいた木賃宿があったはずだけど、もうないのね。新しい建物が建設中だわ。この先が商売をしていた路上になる。もうあの頃とは違う。

アンナはもうすでにこの地区に流れてきているのかしら？　アンナを探しているけれど、消息は摑めないままだわ。そもそもアンナのことは彼女の名前と息子の名前しか知らない。それ以外は何も知らないのよ。年齢も住んでいたところも。

その日の帰り際に、子連れの見覚えのある女を見かけた。

娼婦のアンナだ。

エリザベスは思わず声をかけた。

「あの……」

突然、綺麗な服を着た貴族に声をかけられたアンナは驚いていた。エリザベスは次の言葉が見つからず、黙してしまう。アンナはかつてのアンナと違い、顔色もよく、服もつぎはぎはあるが清潔だ。

「かあちゃん、仕事に遅れるよ！」

子どもがアンナに急かすように言う。息子のオリバーだろう。

「あの、お仕事は何をなさってるの？」

「へ？ こないだから、飯屋で下働きしてんだよ。ほら、最近ここ工事が多くてさ、飯屋がちらほらできてんのさ。結構賃金もいいんだよ」

「かあちゃん！ 行こうよ！」

「急いでいるところごめんなさいね。お仕事頑張ってください」

アンナは欠けた前歯を見せて、にかっと笑った。

その笑顔を見て、エリザベスは贖罪をしようと足掻《あが》いたのは無駄ではなかったと思った。苦しんだのは無駄ではなかった。

かつてのエリザベスに罪を罪として認めさせたアンナの幸せそうな姿に、目を細めた。

◇◇◇

エリザベスはガリ勉令嬢として、首席で学園を卒業することになった。

十八歳になったエリザベスは、さすがチャールズの妹といったところか、仄《ほの》かに色気も醸し出していた。美しく、清楚かつ色気もある。モテないはずはないと思われるのだが、オーギュスト以外に浮いた話はない。

結局、学園の男子学生はエリザベスに満足に話しかけることもできなかったのだ。エリザベスは夜会でもモテなかった。あまり出席しなかったとはいえ、夜会に出ても若い男にダンスに誘われない。さすがにエリザベスも自分の容姿や所作に不安を覚えてしまった。実際はリチャードが圧力をかけていただけだが。

卒業式のため、久しぶりにチャールズと共に学園へ向かう馬車の中である。

「私って、学園では浮いた話が全然ありませんでしたわ」

エリザベスはチャールズに笑いながら話す。

「私にとっては可愛い妹なんだけどね。いいじゃないか、オーギュストがいるんだから」

「もちろん、オーギュ様以外は愛せませんわ！　でも、なんというか、六年間通った学園でそういった類のことが何一つなかったことがほんの少しだけ残念に思われましたの。巷《ちまた》で流行の恋愛小説のようなことは実際にはありませんのね。王太子殿下とミリエラ妃の出会いもちょっともロマンチックじゃありませんでしたし」

ちなみに王太子夫妻の出会いは、女性用トイレに間違って王太子が入ってしまったという残念な出会い方である。ランスロットを擁護《ようご》するならば、ミリエラが入学するまで学園には女生徒も女性教師もいなかった。そのためトイレはすべて男性用だったのだ。

「ベスは知らないだろうがモテるのは面倒くさいんだ。私は鬱陶《うっとう》しくてたまらなかった」

チャールズは真剣な顔をして答える。

そんなモテて仕方がなかったチャールズは、現在マデリーンとの間に一人娘がいる。マデリーン似であるため、チャールズは娘の将来が心配でならなかった。とんでもなくモテるようになるだろうから、変な男なつきまとわれたり、女性の嫉妬で虐められたりしたら大変だと、マデリーンにまだ一歳過ぎの娘のことを相談していた。

マデリーンは自分似の娘を見て、それは絶対にない！　天地がひっくり返ってもない！　と思いつつも、「この子にもチャールズ様のような素敵な旦那様を見つけてあげましょう」と答えた。

二人は今も幸せである。今マデリーンは二人目を妊娠しており、すでに臨月だ。そのためエリザベスの卒業式に参加できずに残念がっていた。

父リチャードは仕事の関係で卒業式に出席するのは難しかったはずであるが、無理やり途中で抜けて学園まで来た。

エリザベスの愛する婚約者オーギュストは領地での仕事が忙しく、ウィンストン王国まで来る時間を作れなかった。卒業を一緒に祝うことができずに残念だと手紙にしたためられていたが、エリザベスはこの夏にダンテス帝国でオーギュストと会う予定なので気にならない。

そしてこの秋に結婚式を挙げる。リチャードの強い希望でウィンストン王国王都で行うことになった。

卒業式ではエリザベスが答辞を述べた。ガリ勉令嬢として学園生活を終えることができて、感無量のエリザベスである。アリシアとの別れを惜しみつつ、学園を卒業した。親友アリシアはウィンストン王立大学で化学を学ぶ予定である。彼女は後に女性で初めて化学分野の博士号を取得することになる。

一方のクラスメイトたちは、これでエリザベスと会えなくなることが残念でならなかった。エリザベスは夜会にはほとんど出ないので学園以外で会うのは難しかったのだ。それに結婚後はダンテス帝国に行ってしまう。

クラスメイトは、教室にほんの僅かに残るエリザベスの残り香を嗅いで、別れを惜しんでいた。


卒業後、エリザベスは短い自由を満喫《まんきつ》していた。サザーランドは今のエリザベスの人格を形成したところだ。エリザベスはマデリーンの出産が終わった後に、サザーランドの別荘で一ヶ月過ごすことにした。エリザベスは子どもの頃に戻ったかのように、沢で釣りをしたり野草を摘《つ》んだりして日々を過ごす。仕事人間のリチャードも休暇を取って別荘で一週間過ごした。別荘で初めて娘と水いらずの時間を過ごしたのだ。エリザベスに誘われて釣りをしたり、絵を描いたりした。エリザベスには残念ながら絵の才能は皆無だった。リチャードを描いたのだが、あまりにも前衛的すぎた。顔が顔と認識できない。さすがに下手すぎてエリザベスはリチャードに渡すのを嫌がったが、初めて娘が自分を描いたということでリチャードは死ぬまで大切にした。一度執務室に飾ったが、絵を見た執事が驚いてお茶を零したり、家令が腰を抜かしたりしたので、今では人目に付かないところで大事に保管している。

サザーランドの別荘から戻った後、エリザベスはダンテス帝国へオーギュストに会いに行った。オーギュストの両親や兄夫婦に会う時はかなり緊張したが、幸いにも歓迎してもらい胸を撫で下ろした。オーギュストは両親のいいところだけを受け継いだ顔をしていて、意外なことに似ていなかった。オーギュストの顔は奇跡の顔だった。帝都に一週間ほど滞在した後帰国して、結婚式まで王都で過ごす。花嫁衣裳は一年前から用意しており、あとは最後の微調整のみだ。ダンテス帝国へ送る荷物もほぼ整えられた。メアリは結局誰とも結婚せず、エリザベスと共にダンテス帝国へついていく。

美しく晴れた日に、エリザベスとオーギュストの結婚式が行われた。
歴史ある大聖堂で誓い合うエリザベスとオーギュスト。
神聖な空気をまとった美しい二人は、神々しくもあった。

二人はたくさんの人たちに祝福された。一名を除いて。

「エリザベス、辛かったら、いや辛くなくても、いつでも離婚して戻ってきていいからな」

「お父様ったら、こんな時まで冗談おっしゃらないでくださいな」

笑顔で答えるエリザベスとは対照的に泣きそうなリチャードの姿に、チャールズは一人娘が花嫁になる時のことを想像して目を潤ませていた。

「そうだぞ、ベス。ここにずっといていいんだ。マリーもずっと私と一緒にいよう」

チャールズは一人娘のマリアンヌを抱き上げた。

「チャールズ様ったら何をおっしゃってるの？」

まだ生後四ヶ月の息子をあやしながら、マデリーンは呆れていた。マリアンヌはマデリーン似である。良縁に恵まれるかどうかも分からないのに、こんなに娘を溺愛《できあい》する父親がいたら更に縁遠くなってしまうのではないかとマデリーンは危惧した。

「ええ、いつまでも私は待ってますよ。あの思い出の薔薇園で待ってます。いつでも帰ってきてくださいい」

マデリーンの隣にいたヘンリーまで言いはじめた。マデリーンはヘンリーの足をヒールで踏んだ。ちなみにキャンベル公爵家はマデリーンの兄がすでに継いでいる。つまり薔薇園はヘンリーのものではない。ヘンリーは今も変わらず面食いのため、なかなか結婚できないでいた。気づくと、二人の結婚を祝福できない者は計三名になっていた。

「私は一生、ベスを離しませんよ。世界で一番幸せにします」

オーギュストはとびきりの笑顔でその三人に告げた。彼らは渋い顔をして黙り込んだ。


二人はこれから十日ほどヴィリアーズ邸に滞在して、その後、新婚旅行に行く予定になっている。旅行先はエリザベスの希望で、ファルネーゼ王国である。もちろん目的は海釣りである。結婚祝いとして、ラキモンドは世界でも有名な古城ヴェッタオ城に彼らを招待した。

エリザベスは釣り道具の確認に余念がない。そんなエリザベスを優しく見守るオーギュストだが、エリザベスがラキモンドと釣りの話で盛り上がるのは前々から面白く思っていなかった。そこでオーギュストも釣りを始めることにした。

後年、オーギュストは一人で釣りをしている時に、ライフワークとなっていた定理の証明に足りない要素に気づいた。自然の中で余計なものに煩わされずに心静かに釣りをすることにより、インスピレーションが湧いたのだろう。

結局、オーギュストはその定理を証明することはできずにこの世を去るが、証明過程で用いた彼の予想は後世の数学者たちに大きな影響を与えた。エリザベスの釣りバカはオーギュストだけでなく後世の数学者にも貢献したと言えよう。


そのエリザベスが夢にまで見た海釣りをする日が来た。侯爵夫人として日焼けをするわけに

はいかないので、あの不審者スタイルである。しかし今回は新婚旅行である。つばの広い帽子も顔に巻くストールも超一流品で揃えた。

エリザベスは磯釣りをしてみたかったが、オーギュストだけでなくラキモンドにも危ないと止められた。そこで、小型の遊覧船に乗って沖釣りをすることになった。

海は広い。大きい。美しく青い海には、魚の影が見える。

エリザベスはたくさんのオラータを釣り、ラキモンドも立派なリボーンを釣った。そして意外なことに、初心者のオーギュストが四十インチもあるローンボを釣り上げたのだ。これには釣りバカ夫人のエリザベスは嫉妬せざるを得ない。

エリザベスは悔しくて初めてオーギュストに対して膨れっ面《つら》をした。その姿があまりに可愛くて、オーギュストは人目も憚《はばか》らず抱きしめてキスをした。

「私も結婚するかな……」

二人にあてられたラキモンドは一人呟いた。

その夜の晩餐には彼らが釣り上げた魚が料理され並べられた。素材の味を生かしたシンプルな味付けで、エリザベスとオーギュストは大いに舌鼓を打つ。また、ファルネーゼ王国産のワインも絶品だった。

しかし何よりもオーギュストを喜ばせたのは、酔ったエリザベスの姿だった。オーギュストに潤んだ目でキスを強請って甘えてくるのだ。いつもは恥ずかしがって、エリザベスはそんなことはしない。オーギュストはここぞとばかりにイチャイチャしたのだった。

とにもかくにも、古城ヴェッタオ城で贅沢な時間をエリザベスとオーギュストは過ごした。


ファルネーゼ王国で新婚旅行を終えた後、エリザベスとオーギュストはダンテス帝国の帝都でお披露目を兼ねて、夜会に出席することになっていた。オーギュストの父が当主を務めるシャレット公爵家主催の夜会でエリザベスは帝国の社交界にデビューする。

シャレット公爵家は、ダンテス帝国の筆頭公爵家ということもあり、その影響力は国内だけにとどまらず国外にまで及ぶ。帝都のシャレット公爵邸は、宮殿と見紛うほど大きく壮麗であった。エリザベスの実家であるヴィリアーズ侯爵邸もかなり大きい方であったがその比ではない。馬車で門を抜けて、広い平面幾何学式庭園を過ぎた先に邸があるのだ。

結婚前に初めて訪れた時、エリザベスはその広さに驚いてオーギュストにあれこれ質問した。

「オーギュ様は、ここでお育ちになったの？」

「ああ、そうだね。あの左翼の端が私の部屋だったよ」

「あそこだと、お邸に入ってから随分と歩かないといけませんね」

「だから、正面から入らなかったよ。いつも馬車を左翼の端に止めてあちらの扉から出入りしていた。あの部屋に移る前は夜遊びしにくかったよ。厳しい養育係もいたし、お目付け役の執事もいたし」

「夜遊び……。オーギュ様は意外と遊んでらしたのね」

エリザベスはオーギュストの知らない一面を見た気がした。このエリザベスに誠実な男にも十代の頃があったのだ。

「昔のことだ。十六、七歳くらいの頃かな。ウィンストン王国に留学する年には数学に没頭していたしね」

「今でも女性に言い寄られますものね。いえ、女性だけでなく男性にも」

エリザベスはぷいと横を向く。エリザベスはオーギュスト対してだけは焼きもちを焼くのだ。

「今はベスだけだよ。私の初恋はベスだ」

「それを言うなら、私の初恋もオーギュ様ですわ」

そしていつもエリザベスはオーギュストに丸め込まれるのだった。

さて、この荘厳な邸でシャレット公爵家次男のデルベ侯爵オーギュストとその妻エリザベスのお披露目がされたわけだが、エリザベスは恐ろしく注目された。招待された貴族たちがオーギュストの結婚相手であるエリザベスを品定めしてくるのだ。さしものエリザベスも緊張した。

しかし、だてにガリ勉令嬢として過ごしてはいない。ダンテス帝国の歴史も貴族年鑑もほぼ頭に入っているし、最新の流行も押さえている。いざ勝負だ！　とオーギュストと夜会に出たが、夜会の終わり頃にはみんなの反応は生温《なまぬる》いものになっていた。

　ダンテス帝国のオーギュストは以前は愛想笑いすらしない男だった。微笑むだけで勘違いされるという経験を何度もしたため、笑わない男になったらしい。その男が始終蕩けるような笑顔をエリザベスに向けている。また妻のエリザベスも、オーギュストに負けない美貌の持ち主だ。

　エリザベスは妻の役目とばかり、笑顔を振りまく。これでもかと微笑む。見惚れる人が続出するのも気づかず頑張るエリザベスにオーギュストが危機感を抱いたのは言うまでもない。

　何はともあれ、釣りバカと数学バカの夫婦はダンテス帝国の憧れのカップルとしてもてはやされるのだった。


　無事に帝国社交界デビューを終えたエリザベスは、デルベ領へオーギュストと向かった。デルベ領はダンテス帝国の北部に位置し、帝都から馬車で五日ほどの距離にある。領土のほとんどが痩せた土地で農作物の収穫量も少なく、主要産業は木彫りの伝統工芸品という貧しい領地である。それでも生活ができないというほど貧しいわけではなく、帝国の他の領地と比べてやや貧しいという程度だ。

　エリザベスは領主の妻としてオーギュストを助けるべく、領土の問題を調査することにした。

痩せた土地と一言で片づけてはならない。そう呼ばれる理由と原因を知るべきだ。しかしエリザベスは農業に明るくない。そのために専門家を必要としたが、そもそも専門家自体が少なく呼ぶことが難しかった。農地の改善方法でエリザベスが唯一知る方法は、糞尿からできた肥料を使うことである。そこで糞尿を集め肥料を作ることを農家に勧めた。最初は嫌悪されていた肥料であるが、その効果が表れはじめるとみんな納得し、徐々に広がっていった。

またこの領地には湖水が多く存在する。エリザベスは釣りをするために調査をしていたのだが、これらの湖水は観光地になり得るほど非常に美しいのだ。オーギュストもそれには同意していたが、この領地までわざわざ足を運ぶ人はいない。エリザベスは貴族相手の保有地として活かせるのではないかとオーギュストに相談した。まずは湖水近くに別荘を建て、ダンテス帝国の貴族を招待することにした。貴族たちの噂が広まれば、保養地として知られるようになるし、更には国外の貴族も来るようになるかもしれない。

オーギュストとエリザベスは社交シーズンになると帝都に滞在する。二人とも社交界は苦手だが、一領主として他の貴族との顔繋ぎは重要である。それに湖水地の保養地計画のこともあって二人なりに頑張った。そもそも二人は頑張らなくても、その笑顔一つで湖水地まで足を運ぶ貴族は多い。オーギュストとエリザベスは夏の間、別荘に知り合いの貴族を招待し湖水の美しさを満喫してもらった。そうすると、噂が広まり湖水地に別荘を建てたいという貴族が増え、そのうち湖水地に投資、開発をしたいという声があがってきた。デルベ領の湖水地は保養地として貴族だけでなく平民にも有名になる。

　帝都に滞在中は社交がメインとはいえ、オーギュストは数学者が集うサロンで情報交換したり論戦を繰り広げたりするのを楽しみにしていた。一方のエリザベスは時間の許す限り帝都の大学で聴講生として薬学の講義を受けた。エリザベスのウィンストン王国の学園での成績と肥料のレポートが評価され、聴講の許可が下りたのだ。聴講するようになってから二年が経過した頃、エリザベスの優秀さを認めた薬学の教授が研究室へ招いた。そこで薬学を本格的に学ぶことになる。ただし、社交シーズンが終われば領地に戻らなければならないため学ぶ時間は限られていた。エリザベスは真剣に取り組んだ。帝都にいる間は釣りのことも頭の隅に追いやった。

　二人とも貧しい領地を豊かにするために努力を続けた。その間にエリザベスは二人の息子をもうける。子育ての傍《かたわ》ら、オーギュストやメアリに助けられながら薬学の勉強を続けた。メアリはエリザベスについてダンテス帝国に来たが、デルベ領のカントリーハウスの使用人たちとも、帝都のタウンハウスの使用人たちとも上手くやっていった。メアリは明るく包容力のある女性だ。

　そんなメアリは人生初のモテ期を迎えることになる。三十代に差しかかろうという頃、三人の男からアプローチされるのだ。一人はカントリーハウスの使用人で執事になるべく勉強中の七歳年下の男で、もう一人は帝都でそれなりの大きさの商会を営んでいる中年の男やもめ、最後の一人はタウンハウスの料理人だった。

メアリは当初結婚するつもりはないと断っていたが、エリザベスに強く勧められ結婚を考えるようになる。エリザベスはそれぞれの男を密かに調査した。彼女は調べることが相変わらず好きである。男やもめには愛人がいたし、料理人は男尊女卑思想の持ち主だった。消去法で七歳年下の執事見習いを推《お》した。最初は年下なんてと二の足を踏んでいたが、結局その男に絆《ほだ》され結婚に至る。そして三人の子どもを産み育てつつ、最後までエリザベスのもとで働いた。

エリザベスが生きた時代は、薬化学の発展が著《いちじる》しい時代だった。それまでほとんどの薬草が生薬《しょうやく》として用いられていたが、薬草から有効成分のみ抽出されるようになり、その成分の結晶化が試みられるようになる。エリザベスは薬学を学び続けた。限られた時間しかないが、帝都の大学の研究室でその目覚ましい進歩を目の当たりにしていた。

エリザベスがオーギュストのもとに嫁いで十五年が過ぎた頃、デルベ侯爵領に製薬会社を設立する。帝都の大学の研究室で知り合った研究者をスカウトして、新しい製造方法と新薬の開発に心血を注いだ。この製造方法には親友アリシアの助けもあった。彼女はウィンストン王立大学で化学を学んだ後、研究者として第一線で活躍した。王太子妃ミリエラの後押しもあったようだ。彼女は生涯独身を貫き、化学の分野でたくさんの後継者を育てる。多くの人の協力により、エリザベスの製薬会社は成長していった。

後にデルベ侯爵領は製薬の地として有名になる。

◇◇◇

保養地として栄えるようになったデルベ領の湖水地に小さな邸があった。そこには年老いてなお美しい夫婦、オーギュストとエリザベスが暮らしていた。


湖面に夕陽が映える。

オーギュストとエリザベスは二人並んで釣りをしていた。

「下水道も普及して、あまり糞尿の肥料も使わなくなりましたわね」

「ああ、そうだね。今では不要になったとしても、必要な過程だったよ」

時は過ぎ去り、二人とも随分と年老いた。

「ふふ、あの最貧困地区が、文教地区になるとは思いもしませんでしたわ」

「あの地区のおかげで君に出会えた。あれから今年で六十一年経つのか。次の素数の年まで一緒にいられたらいいね」

二人は釣竿を竿受けにあずけ、寄り添いながらこれまでの人生を陽が沈むまで語り合った。

エリザベスは幸せな人生を送れたことを心から感謝した。

書き下ろし
番外編

幸せな結末その1
エリザベスとキャサリン

春先にオーギュストがダンテス帝国からウィンストン王国に来た。エリザベスに会うためだけに二ヶ月間一日も休まず働いてどうにか時間を確保したのだ。

エリザベスとオーギュストが婚約して一年が経過していた。

今日は二人で王都中心部にある公園でピクニックをしている。たった三日間しか滞在できないオーギュストはとにかくエリザベスとべったりくっついていた。エリザベスも頬を染めながらもオーギュストにもたれかかる。木漏れ日を浴びながら話をしていると、同じようにピクニックをしている男女がエリザベスの視界に入った。

女性の方はキャサリンである。かつてのエリザベスがヘンリーに襲わせた上に、恋人と別れさせられヘンリーと結婚させられた、あのキャサリンである。

かつてのエリザベスは学園では大抵一人で行動をしていた。と言っても侯爵令嬢として最低限の付き合いはしている。そして制服も他の女生徒がしているように、刺繍やレースを付けて装飾を施していた。エリザベスはお洒落に興味はないが周りの生徒から浮かないようにするためにである。悪事を働くには目立ってはいけない。周りに迎合できることは極力するように努めていた。

エリザベスが属する淑女科は特に華美な傾向があった。そんな中、悪目立ちしている女生徒がいた。エリザベスと同じ淑女科の上級生である伯爵令嬢キャサリンは、装飾のない制服を着ており、しかも制服はサイズが合っていないようで袖も裾も短い。どうやら入学してからずっと同じ制服を着用しているようだ。

エリザベスはキャサリンのみっともない姿に眉をひそめた。自分のだらしない身体を棚に上げ見苦しいと思ったのだ。しかしそれだけだった。

ある日、淑女科の女生徒たちがエリザベスが近くにいることに気づかず、エリザベスを笑いものにしていた。

「エリザベス様って、本当に豚みたいですわよね」

「まあ、口が悪いわ。でもお友達もあまりいないようですし。侯爵令嬢なのにね」

「そうそう、あの見た目もそうですけれども、なんだか陰気くさいのよね」

「あの方の持ち物は逸品ですが、本当に豚に真珠ですわね」

どっと笑い声が上がった。

エリザベスは静かにその様子を眺めながら、どの女にエリザベスの逸品といわれたペンの窃盗犯という濡れ衣をきせようか、どの女を狼藉者に襲わせようかと選んでいた。

その時である。

「あなたたち、よしなさいな。淑女として恥ずかしいわよ」

キャサリンが悪口を言う女生徒たちを窘《たしな》めた。すると女生徒たちはバツの悪そうな顔をする。

「もう、あなたって本当に優しいんだから」

「本当。でもそんなところがジョン様に愛されているんでしょうね」

キャサリンはソバカスが目立つ顔を真っ赤にする。

「からかわないで！　まったくもう」

そのまま、彼女たちの話題はキャサリンとジョンの話に移った。

エリザベスはその場にとどまり、肌自慢をしていた令嬢に肌荒れが一生残る毒薬を仕込もうと考えていた。当然キャサリンの話も耳に入ってくる。

キャサリンの伯爵家はもう後がないようである。どうやらキャサリンが卒業したら爵位を売ってしまうらしい。しかし男爵家長男のジョンと結婚が決まっているので問題はないと笑っていた。学費もジョンの男爵家が負担している。そして今は家族みんなが自立に向けて頑張っていると楽し気に語る。使用人はすでにいないので、家族で協力して慣れない家事をしているが、それはそれですごく面白いと笑いながらキャサリンは言う。父親が日曜大工で修理をしたら扉が開かなくなったとか、母親は野菜の皮を剝《む》くことができないのでいつも皮付きのままのジャガイモやニンジンがスープに入っているとか、とにかく毎日が楽しいらしい。ジョンの男爵家も豊かではないので彼は自作の詩をプレゼントしてくれて、それがすごく素敵だと惚気ていた。

エリザベスは学園から帰った後、自室で計画を立てていた。肌荒れを起こす毒薬を仕込む相手、狼藉物に襲わせる相手、窃盗の濡れ衣を着せる相手はすでに決めていた。キャサリンにはエリザベスに役立つ策を施してやることにした。しかもキャサリンもキャサリンの家族も幸せになるシナリオである。

「私って、意外と優しいのね」

エリザベスは口の端を上げて独りごちる。そして夕食のためにダイニングに向かう。ダイニングにはエリザベス一人である。エリザベスは給仕にワインの銘柄を指定するが、そのワインは彼女の母親オフィーリアのお気に入りであり、残り一本となっていた。そのため、他のワインを飲むことになる。

――あの女と好みが一緒なんてなんだか腹立たしいわね。

エリザベスは母親のことをあの女と呼んでいた。母親とは思っていないのだ。エリザベスがまだ二歳半の頃、母親に顔を顰《しか》めて「汚い子ね！　触らないでちょうだい」と言われたことが母親に言われた最初の言葉として記憶されていた。エリザベスは無駄に記憶力がいい。しかもオフィーリアと会う機会はほぼないといっても過言ではないため、その後言われた言葉もほとんど覚えている。醜い子、臭い子、汚い子。エリザベスはオフィーリアを語彙力の乏しい頭の悪い女だと思っていた。もう少し表現に幅を持たせられないのかと残念な気持ちになる。

そんな頭の悪い女と結婚した男、父親であるリチャードはエリザベスにとってまったく面白みのないつまらない人間だった。家令を通して父親に強請れば大抵のものを手に入れることができる。なんの策もいらない。直接会うことは母親同様ないため、実際どのような人物かは分からないが、リチャードがエリザベスに興味がないことは知っていた。エリザベスはリチャードが彼女にまったく関心を持たないことに感謝していた。おかげで自由に動けるのだ。

このように悪事を働く環境に恵まれているエリザベスは、早速陰謀を行動に移すために計画を練る。使用人たちもエリザベスが幼い頃から彼女を恐れているため、エリザベスが呼ばない限り近づくことはない。

「どれからにしようかしら？　肌荒れさせる毒薬を試してみたいわねぇ。美肌自慢していた女が汚い肌になるなんてどんなに面白いかしら？　今度のお茶会がいいかもしれないわ」

エリザベスは悪事を働く前にその計画に穴がないように入念に調査をする。今回はお茶会のある邸の見取り図を手に入れ、使用人を調べた。人というのは大抵後ろ暗いことが一つや二つあるものだ。エリザベスが入手した邸の見取り図は、彼女の婚約者ヘンリーの持つ邸であった。ヘンリーはエリザベスのヴィリアーズ侯爵家に婿入りをするが、ヘンリー自身の資産としてキャンベル公爵家が所有する邸を与えられていた。その邸にはキャンベル公爵家の庭園には及ばないものの見事な薔薇園があった。それでその薔薇園でお茶会をしたいとヘンリーの又従姉妹が頼んだのだ。その女性は淑女科に通っており、学園で仲のよい女性たちでお茶会を催すらしい。

そのお茶会で毒薬を仕込む予定だったエリザベスだが、最後の楽しみにとっておいたキャサリンへの贈り物を先にすることにした。あのソバカスだらけの笑顔が何故だか癪に障る。不細工の笑顔だからか？　エリザベスはこの我慢ならない不快感の理由が分からないまま、お茶会に参加することになった。

計画は実に上手くいった。エリザベスは給仕にわざとキャサリンにお茶をかけさせ、ヘンリーの婚約者として親切面でキャサリンに邸の客室でドレスを着替えるように促した。キャサリンは一人で着替えることができるとエリザベスも使用人も退出させた。キャサリンが客室でドレスを脱いでいる最中にヘンリーがその部屋に入ってきた。客室と思われた部屋はヘンリー専用の部屋であり、彼の収集している艶本が隠されているのだ。ヘンリーには事前に強烈な媚薬を飲ませている。彼は下着姿のキャサリンを襲った。キャサリンの抵抗虚しくヘンリーはキャサリンを組み伏せる。

タイミングを見計らい事の最中にエリザベスは客室に入った。そして叫び声を上げて、あられもない姿のキャサリンを使用人たちに見せた。

エリザベスは顔を手で覆い部屋から去る。達成感に愉悦し顔がにやけてしまうのだ。キャサリンの絶望した顔は本当に素晴らしかった。久しぶりにすっきりしたとエリザベスは満足する。

「ベス、どうしたの？」

オーギュストがエリザベスの視線の先を見る。

「幸せそうな二人を見ていたの。ちょっと挨拶してきてもいいかしら？」

「私も行こう」

エリザベスとオーギュストは連れ立って、キャサリンのもとへ行く。

「ごきげんよう、キャサリン様」

「まあ！　エリザベス様!?　ごきげんよう」

ほとんど面識がないと言っていいエリザベスから声をかけられキャサリンは動揺していた。

麗しの才女エリザベスは学園のみならず社交界でも有名だ。銀色の髪が陽の光で輝き、まるで女神のようである。エリザベスは隣のオーギュストをキャサリンに紹介する。

「こちらは私の婚約者のオーギュスト様です」

キャサリンは目の前の美男美女に少々気後れしながらも、ジョンを紹介した。

「私たち昨年結婚しましたの。こちらは夫のジョンです」

紹介を終えると、男たちは握手をしてそれぞれ名乗った。ジョンは少し背が低く痩せた男だったが、とても穏やかな雰囲気をまとっていた。

「キャサリン様、ご結婚おめでとうございます。今はどちらにお住まいですの？」

「うふふ、ご存知かもしれませんが私の実家なくなってしまいましたでしょ？　本来ならば唯一の後継ぎだから私が婿を取るべきだったんですけれどもね。今は両親ともどもジョン様のお邸で暮らしてますの。本当にジョン様には支えてもらいっぱなしで。ジョン様がいなければ、私たちどうなっていたのかしら？」

「多分、私がいなくてもあなた方は楽しく暮らしていたと思いますよ。でもキャサリン一家が一緒に暮らしてくれることで、うちは笑いが絶えない家庭になりました。うちは私も含めてですが口数の少ない家族で笑うことなんて滅多になかったものですから。今ではみんな邸にいることが多くなりましたね。キャサリン一家がいると場が明るくなるんですよ」

「まあ！　とても幸せそうですわね。私もオーギュと一緒にキャサリン様たちのような素敵な家庭を作りたいですわ！」

エリザベスはオーギュストを見上げて、嬉しそうに話す。

「ああ、もちろんだよ、ベス」

オーギュストはエリザベスの腰に手を回し、笑顔で答えた。

キャサリンと話をした後、再び元の場所に戻ったエリザベスは少し涙ぐんでいた。それに気づいたオーギュストがどうしたのかと尋ねる。

「キャサリン様は、かつての私がヘンリー様と結婚させた方なんです。本当ならあんな素晴らしい男性と結婚するはずだったのに」

「今のエリザベスはなんにもしてないでしょう？」

「そう、今回は何もしていません。だから彼女たちは幸せなんです。かつての私はキャサリン様が嫌いだったんです。彼女の伯爵家は没落し制服も新調できないほど困窮していたのに、それでも毎日彼女は笑顔だったんです。すごく幸せそうで。私は嫉妬していたのです。でも私にはキャサリン様に嫉妬している自覚はありませんでした。だって、幸不幸という概念を持ち合わせていませんでしたもの」

「では今は？」

「うふふ、今は知っていますわ。だってすごく幸せですもの！」

「私はあなたをもっと幸せにしたいな」

「これ以上幸せになったら恐ろしいです。幸せすぎて死んでしまいそう」

「じゃあ、死なない程度に恐ろしいほど幸せにするよ。ベス」

オーギュストはそう言うと、エリザベスの腰に手を回し引き寄せキスをした。

エリザベスは幸せすぎて、そして恥ずかしすぎて、死んでしまいそうだった。

書き下ろし
番外編

幸せな結末その2
エリザベスとオーギュスト

エリザベスがオーギュストと結婚してしばらくはデルベ侯爵領の経済を上向かせるために領地と帝都を行き来する生活を続けていた。そしてある程度の効果が見られるようになった五年目のことである。帝都からデルベ領のカントリーハウスに戻る馬車の中でエリザベスは珍しく車酔いしており、通常ならば五日の道のりを十日かけてゆっくりと帰ることになった。休んでいる間も吐き気は治まらず顔色も悪かった。

「オーギュ様、私は大丈夫ですので先にお戻りください」

エリザベスはオーギュストにそう言うが、彼は首を縦に振らない。いつもは元気なエリザベスが体調を崩すのは珍しい。結局、途中の町で医師に診察してもらうことになった。

「おめでとうございます。ご懐妊されています」

医師からの言葉をエリザベスとオーギュストは信じられないといった顔をして聞く。結婚して五年も子どもができなかったため、二人は後々オーギュストの甥にデルベ侯爵を継いでもらおうとまで話していたのだ。

「ベス！　私たちの子どもがここにいるんだね」

「オーギュ様、信じられません……」

エリザベスはまだ膨らんでもいないお腹を恐る恐る触る。新しい命がここにあるのだという実感がまだ湧かない。オーギュストが幸せそうな笑顔を見せる一方でエリザベスは戸惑っていた。

――私が母親になる？　なれるのかしら？　母親と言えばお母様しか知らないもの。

エリザベスとオーギュストがカントリーハウスに戻ると、すでに報告を受けていた使用人たちが祝いの言葉を二人に述べた。エリザベスは彼らの気持ちは嬉しかったが、素直に喜べなかった。

メアリはエリザベスの表情を見て、そっと彼女の傍に控える。メアリは四年前にこのカントリーハウスの執事見習いのマルセルと結婚し二人の子供をもうけていた。今、三歳の娘と一歳の息子がいる。エリザベスはメアリが出産後に専属侍女の任を解いた。メアリは子どもを預けて働くと言い張ったが、エリザベスは子どもがある程度大きくなったら復帰してもらうと契約書まで用意してメアリを下がらせた。

「奥様、体調はいかがですか？」

メアリがエリザベスにお茶を用意しながら尋ねる。すっきりした飲み物がいいと言っていたので、エリザベスの好みのハーブティーを注ぐ。

「つわりはそれほど辛くないの。でも自分が母親になるのが少し怖いわ」

エリザベスはメアリに素直に心の内を話す。メアリとは十八年の付き合いだ。メアリは優しく言う。

「奥様、妊娠すると多かれ少なかれ不安になるものですよ。このしっかり者と言われている私でさえ無事に子どもが生まれるまでは不安でしたから」

メアリは笑う。そしてエリザベスの肩にストールを掛ける。

「奥様、お子様が生まれてから悩まれても遅くありませんよ。私もおります。幸いなことに子育てもしておりますし」

「ありがとう、メアリ。そうね、今は無事に生まれることだけを願っておきましょう」

エリザベスは不安ではあったが頼もしいメアリが傍にいることで、前向きになることができた。

オーギュストが過保護すぎてうんざりすることもあったが、大きな問題もなく臨月を迎えた。初産ということもあり時間はかかったものの、無事に男の子を出産する。赤ん坊の泣き声が響く。隣の部屋で待機していたオーギュストが扉の握りに手を掛けようとすると、執事がそれを止めた。

「呼ばれるまでこちらでお待ちください。産後は何かと整えることもありますので」

「いやいや、私はそんなこと気にしない。早くベスの無事を確認したいんだ！」

「お気になさるのは奥様でございます。少し落ち着いてくださいませ」

オーギュストは美しい顔を歪ませる。そして部屋をうろうろと歩き回っていた。しばらくすると隣の部屋の扉が開く。メアリが喜びで涙目になりながらオーギュストに報告した。

「旦那様、奥様もお子様も無事でございます。さあ、奥様がお待ちです」

オーギュストはメアリの言葉を聞くや否や、エリザベスのもとへ駆けていく。

「ベス！　ベス！」

オーギュストはエリザベスに抱かれている息子を見ずにエリザベスだけを見つめる。感極まっているオーギュストを見てエリザベスは少し冷静になった。

「オーギュ様、見てくださいませ。私たちの子どもです。男の子ですよ」

オーギュストはエリザベスの胸元で泣く息子を見た。

「私たちの息子。私とエリザベスの子ども。二人の遺伝子が混ざり合った子ども」

エリザベスはオーギュストに息子を預けた。怖々と抱くオーギュストに目を細める。小さな息子は大きな声で泣く。

――オーギュ様が父親ならばきっと大丈夫。私が駄目な母親でもメアリもいる。きっとこの子は幸せになるわ。

この日生まれた子どもは、カミーユと名付けられた。

エリザベスはナニーを付けなかった。メアリに教えてもらいつつ、自ら母乳を与えおむつ替えも沐浴もエリザベス本人が行った。貴族夫人としては非常に珍しいことである。非常識だと非難されてもおかしくない。しかしエリザベス本人のたっての希望ということで、オーギュストが反対することはなかった。

　エリザベスはカミーユに夢中だった。小さな手がエリザベスの指を握りしめる。柔らかくて頼りなくて、そして自分がいないと生きていけない存在だ。夜泣きすら愛おしい。オーギュストは初めての子育てでやつれているエリザベスを心配していたが、幸せそうな姿を見ると口を挟む気になれなかった。それにオーギュストは領地経営が更に忙しくなり帝都と領地の行き来も頻繁でエリザベスとカミーユに会う時間を設けるのも難しい状態だった。

　エリザベスは子育てに夢中になりすぎてオーギュストの過労に気づけなかった。出産まではエリザベスも領地経営の一部を受け持っていたのだが、今はオーギュストがすべてを担っている。それだけではなく、オーギュストは新たな事業も手掛けていた。

　カミーユが生まれて半年経った頃に、とうとうオーギュストは倒れた。無理がたたったのだ。エリザベスはようやくオーギュストの多忙さに思い至った。しばらく静養が必要であると医師が告げるが、オーギュストは諾《うべな》わない。頬がこけやつれてしまったが美貌が衰えることなく、むしろ妙な色気を醸し出すようになったオーギュストを見て、エリザベスはカミーユを預けてオーギュストのかわりに領地経営をすることにした。オーギュストに指示は仰ぐが、実務は一切させなかった。

　メアリと新たに雇ったナニーにカミーユを頼み、エリザベスは仕事に復帰した。はじめはたった半日領地内の視察に出向くだけでも、カミーユと離れるのが辛くて涙ぐんでしまった。エリザベスだけでなくカミーユも離れたくないと泣くのだ。それでも領民のために行かねばならない。エリザベスは自分の頬を両手で叩いて気合を入れた。

その後も執務に追われた。仕事が終わるとカミーユはすでに寝ていることも多く、エリザベスはその寝顔を毎日何十分も見つめていた。抱きしめたいが起こすわけにはいかない。

——私のお母様はこんな愛らしい存在を知らないのね。損してるわ。お母様は旅行に行く時間はあっても、子どもと触れ合う時間は惜しかったのね。

三ヶ月もすると、オーギュストは執務ができるまでに快復した。エリザベスも産前と同じようにオーギュストと二人で仕事をした。カミーユは日中ナニーに預けるが、邸に帰るとエリザベスが世話をする。離れている時間の分、更に愛おしくなるのだ。

——アンナは子どもがいるから幸せだと言っていたけれども、本当だわ。子どもは無条件に母親を愛してくれるもの。いずれ成長すればそんなことなくなるでしょうけれども。アンナは子どもに愛されていたし、アンナも子どもを愛していたのね。子どもがいればどんなに辛くても頑張れる。アンナは本当に幸せだったのね。

その後、エリザベスはもう一人息子を産むことになる。リュカと名付けられ、カミーユと共にエリザベスの手元で育てられた。ナニーを雇い、仕事や薬学の勉強もしていたが、どんなに忙しくてもエリザベスは子どもたちと手を繋いで散歩をすることを日課にしていた。両手が子どもたちの手で塞がっている幸せを噛みしめる。

「おかあさま、ぼくね、おおきくなったら、おかあさまとけっこんするの」

「リュカ、僕がお母様と結婚するの！」

「うふふ、ありがとう、リュカにカミーユ。でもお母様はお父様と結婚しているから無理なのよ」

子どもたちはショックを受ける。

——二人に求婚されたわ！　きっとアンナも息子のオリバーに言われたことがあるわね。

その日の晩餐時、オーギュストが小さな息子たちにエリザベスは自分の妻だと大人気なく力説するのを見て、エリザベスは呆れつつも家族に愛される喜びで満たされていた。

その後カミーユもリュカも大きくなり反抗期を迎える頃になるとエリザベスの言うことを聞かなくなるが、そのたびに子どもたちの小さな頃の話をして彼らを恥ずかしがらせた。これはエリザベスの密かな楽しみでもあった。
そして子どもたちが小さな頃にくれたクサノオウの押し花で作ったしおりを愛読書に挟んで
死ぬまで大切に使った。アンナが息子から貰ったと言って大事に扱っていた髪飾りのように。

あとがき

この度は『堕ちた令嬢～もう道は踏み外さない～』を手に取っていただきありがとうございます。筆者のベキオです。

この作品は私が生まれてはじめて書いた小説ですが、それが書籍となり非常に驚いています。それまでライトノベルを読むことも、ましてや書いたこともない素人でしたから。

あれは平成三〇年の夏のことでした。世間を賑わせる異世界〇〇と銘打った作品を読んでみようと思ったのです。とはいっても異世界〇〇と銘打った書籍は多く、どれを読むべきか悩んでいたところ『小説家になろう』という小説投稿サイトに行き着きました。

そこには私の知らない世界がありました。子供の頃、あなたの知らない世界というテレビ番組が大好きでしたが、まさに知らない世界でした。異世界がありました。異世界を本当に知っている人間は存在しないわけで、全ては想像上のものです。その豊かな創造の世界は私の想像をはるかに超えていました。

さて、小説家になろうに掲載されている小説を読みはじめ二か月ほど経過したころ、ふと思ったのです。私も小説を書いてみようと。正直どうかしていると思います。実際どうかしていたとしか思えません。小説の書き方も知らない人間が暴挙に出ました。結果、この作品が生まれたわけです。

そして連載を三週間続けた頃に書籍化の打診がありました。その時点で最後まで書き終わっていたため、打診をくださったE川様（本作の編集担当様）にこんな作品でいいのかと何度も尋ねましたが、いいと言うのです。私はビッグウェーブに乗ることにしました。

書籍化に伴い改めて自分の作品に向き合うことになるわけですが、己の筆力のなさに愕然とし、悄然としました。読者の皆様、本作はなんだか報告書を読んでいる感じがしなかったでしょうか。私はあらすじ作家を自認・自称していますが、あらすじに肉をつけたら報告書になってしまいました。そこに非常に美しいイラストが付いているのです。なんともアンバランスですが、そのアンバランスさこそが本書の旨味だと自負しています。

最後になりますが、E川様、すわ少女漫画の世界か！　と私をときめかせてくださったイラストレーターの白谷ゆう先生、そして書籍刊行にご尽力いただきました全ての方に感謝申し上げます。応援くださった皆様、有難うございました。

PB Fiore

好評発売中！

今さら婚約破棄…なんて、言わせませんわよ？

大好きな婚約者、僕に君は勿体ない！
は？寝言は寝てから仰って

著：ナユタ
イラスト：一花夜

美しいけれど強気な性格のイザベラと、優しいけれど気弱な少年ダリウス。
仲睦まじい婚約者として辺境で過ごしてきた２人。けれどイザベラに魔法の才能があることが判明し、急遽王都の学園への入学が決まる。「彼を支えるためにこの力を極めてみせますわ！」そう決意するイザベラだが、その美貌ゆえ学園生活は波乱万丈で…？
離れて暮らし始めたことで、次第に男らしさをのぞかせるようになったダリウスとの恋あり、アクの強い「学友」たちのとの友情あり。「小説家になろう」で大人気、ドキドキが詰まった焦れキュンロマンスついに書籍化！

定価：本体1200円＋税　判型：四六判

PASH！ブックスは毎月最終金曜日発売

PB Fiore

好評発売中！

「まさか君　僕を追いかけてきたわけではないよね？」
「そんなわけないでしょう！💢」

髪結師は竜の番《つがい》になりました
（やっぱり間違いだったようです）

著：三国司
イラスト：アオイ冬子

「見つけた。君が僕の番《つがい》なんだね」まるで王子様のような竜人の騎士・レイに宣言された仕事ひと筋な髪結師のメイナ。戸惑いながらも彼の真摯さに心を動かされかけたある日、レイから再び衝撃の告白が！「人違いだったみたいだ、僕のことは忘れてほしい」…自分の番を間違えるってなんなの!?　憤慨しつつも虚しさを抱くメイナだが、とある事情からレイの暮らす隣国へ赴くことになり…。気まずさ全開の再会からはじまる（？）お仕事女子の異種族恋愛譚♥

定価：本体1200円＋税　判型：四六判

PASH！ブックスは毎月最終金曜日発売

この本を読んでのご意見・ご感想・ファンレターをお待ちしております。
〈宛先〉　〒104-8357　東京都中央区京橋3-5-7
（株）主婦と生活社　PASH！編集部
「ベキオ先生」係
※本書は「小説家になろう」（http://syosetu.com）に掲載されていたものを、改稿のうえ書籍化したものです。

PASH!ブックス

堕ちた令嬢
〜もう道は踏み外さない〜

2019年8月5日　1刷発行

著者　ベキオ
編集人　春名 衛
発行人　倉次辰男
発行所　株式会社主婦と生活社
〒104-8357　東京都中央区京橋3-5-7
03-3563-2180（編集）
03-3563-5121（販売）
03-3563-5125（生産）
ホームページ　http://www.shufu.co.jp
製版所　株式会社二葉企画
印刷所　太陽印刷工業株式会社
製本所　株式会社若林製本工場
イラスト　白谷ゆう
デザイン　井上南子
編集　江川美穂

 ISBN978-4-391-15364-4